Lei

*

Alice au Pays des Merveilles

&

De l'autre côté du miroir

*** * *

Atlantic Editions

Illustrations de Sir John Tenniel.
Traductions de Henri Bué (*Alice au Pays des Merveilles*) et
de Lynette Chauvirey (*De l'autre côté du miroir*).

Atlantic Editions
contact.AtlanticEditions@gmail.com
Niort, France

ISBN   978-1727367492

**

Alice au Pays des Merveilles

*****

Sommaire

Préface

Notre barque glisse sur l'onde
Que dorent de brûlants rayons ;
Sa marche lente et vagabonde
Témoigne que des bras mignons,
Pleins d'ardeur, mais encore novices,
Tout fiers de ce nouveau travail,
Mènent au gré de leurs caprices
Les rames et le gouvernail.

Soudain trois cris se font entendre,
Cris funestes à la langueur
Dont je ne pouvais me défendre
Par ce temps chaud, qui rend rêveur.
« Un conte ! Un conte ! » disent-elles
Toutes d'une commune voix.
Il fallait céder aux cruelles ;
Que pouvais-je, hélas ! contre trois.

La première, d'un ton suprême,
Donne l'ordre de commencer.
La seconde, la douceur même,
Se contente de demander
Des choses à ne pas y croire.
Nous ne fûmes interrompus
Par la troisième, c'est notoire,
Qu'une fois par minute, au plus.

Puis, muettes, prêtant l'oreille
Au conte de l'enfant rêveur,
Qui va de merveille en merveille
Causant avec l'oiseau causeur ;
Leur esprit suit la fantaisie.
Où se laisse aller le conteur,
Et la vérité tôt oublie
Pour se confier à l'erreur.

Le conteur (espoir chimérique !)
Cherche, se sentant épuisé,
À briser le pouvoir magique
Du charme qu'il a composé,
Et « Tantôt » voudrait de ce rêve
Finir le récit commencé :
« Non, non, c'est tantôt ! pas de trêve ! »
Est le jugement prononcé.

Ainsi du Pays des Merveilles
Se racontèrent lentement
Les aventures sans pareilles,
Incident après incident.
Alors vers le prochain rivage
Où nous devions tous débarquer
Rama le joyeux équipage ;
La nuit commençait à tomber.

Douce Alice, acceptez l'offrande
De ces gais récits enfantins,
Et tressez-en une guirlande,
Comme on voit faire aux pélerins
De ces fleurs qu'ils ont recueillies,
Et que plus tard, dans l'avenir,
Bien qu'elles soient, hélas ! flétries,
Ils chérissent en souvenir.

Chapitre premier
Au fond du terrier.

Alice, assise auprès de sa sœur sur le gazon, commençait à s'ennuyer de rester là à ne rien faire. Une ou deux fois elle avait jeté les yeux sur le livre que lisait sa sœur ; mais quoi ! pas d'images, pas de dialogues !

« La belle avance, » pensait Alice, « qu'un livre sans images, sans causeries ! »

Elle s'était mise à réfléchir, (tant bien que mal, car la chaleur du jour l'endormait et la rendait lourde,) se demandant si le plaisir de faire une couronne de marguerites valait bien la peine de se lever et de cueillir les fleurs, quand tout à coup un lapin blanc aux yeux roses passa près d'elle.

Il n'y avait rien là de bien étonnant, et Alice ne trouva même pas très-extraordinaire d'entendre parler le Lapin qui se disait :

« Ah ! j'arriverai trop tard ! » (En y songeant après, il lui sembla bien qu'elle aurait dû s'en étonner, mais sur le moment cela lui avait paru tout naturel.)

Cependant, quand le Lapin vint à tirer une montre de son gousset, la regarda, puis se prit à courir de plus belle, Alice sauta sur ses pieds, frappée de cette idée que jamais elle n'avait vu de lapin avec un gousset et une montre. Entraînée par la curiosité, elle s'élança sur ses traces à travers le champ, et arriva tout juste à temps pour le voir disparaître dans un large trou au pied d'une haie.

Un instant après, Alice était à la poursuite du Lapin dans le terrier, sans songer comment elle en sortirait.

Pendant un bout de chemin le trou allait tout droit comme un tunnel, puis tout à coup il plongeait perpendiculairement d'une façon si brusque qu'Alice se sentit tomber comme dans un puits d'une grande profondeur, avant même d'avoir pensé à se retenir.

De deux choses l'une, ou le puits était vraiment bien profond, ou elle tombait bien doucement ; car elle eut tout le loisir, dans sa chute, de regarder autour d'elle et de se demander avec étonnement ce qu'elle allait devenir. D'abord elle regarda dans le fond du trou pour savoir où elle allait ; mais il y faisait bien trop sombre pour y rien voir. Ensuite elle porta les yeux sur les parois du puits, et s'aperçut qu'elles étaient garnies d'armoires et d'étagères ; çà et là, elle vit pendues à des clous des cartes géographiques et des images.

En passant elle prit sur un rayon un pot de confiture portant cette étiquette, « MARMELADE D'ORANGES. » Mais, à son grand regret, le pot était vide : elle n'osait le laisser tomber dans la crainte de tuer quelqu'un ; aussi s'arrangea-t-elle de manière à le déposer en passant dans une des armoires.

« Certes, » dit Alice, « après une chute pareille je ne me moquerai pas mal de dégringoler l'escalier ! Comme ils vont me trouver brave chez nous ! Je tomberais du haut des toits que je ne ferais pas entendre une plainte. » (Ce qui était bien probable.)

Tombe, tombe, tombe !

« Cette chute n'en finira donc pas ! Je suis curieuse de savoir combien de milles j'ai déjà faits » dit-elle tout haut.

« Je dois être bien près du centre de la terre. Voyons donc, cela serait à quatre mille milles de profondeur, il me semble. » (Comme vous voyez, Alice avait appris pas mal de choses dans ses leçons ; et bien que ce ne fût pas là une très bonne occasion de faire parade de son savoir, vu qu'il n'y avait point d'auditeur, c'était cependant un bon exercice que de répéter sa leçon.)

« Oui, c'est bien à peu près cela ; mais alors à quel degré de latitude ou de longitude est-ce que je me trouve ? » (Alice n'avait pas la moindre idée de ce que voulait dire latitude ou longitude, mais ces grands mots lui paraissaient beaux et sonores.)

Bientôt elle reprit :

« Si j'allais traverser complétement la terre ? Comme ça serait drôle de se trouver au milieu de gens qui marchent la tête en bas. Aux Antipathies, je crois. » (Elle n'était pas fâchée cette fois qu'il n'y eût personne là pour l'entendre, car ce mot ne lui faisait pas l'effet d'être bien juste.)

« Eh mais, j'aurai à leur demander le nom du pays. — Pardon, Madame, est-ce ici la Nouvelle-Zemble ou l'Australie ? » En même temps elle essaya de faire la révérence. (Quelle idée ! Faire la révérence en l'air ! Dites-moi un peu, comment vous y prendriez-vous ?)

« Quelle petite ignorante ! pensera la dame quand je lui ferai cette question. Non, il ne faut pas demander cela ; peut-être le verrai-je écrit quelque part. »

Tombe, tombe, tombe ! Donc Alice, faute d'avoir rien de mieux à faire, se remit à se parler :

« Dinah remarquera mon absence ce soir, bien sûr. » (Dinah c'était son chat.) « Pourvu qu'on n'oublie pas de lui donner sa jatte de lait à l'heure du thé. Dinah, ma minette, que n'es-tu ici avec moi ? Il n'y a pas de souris dans les airs, j'en ai bien peur ; mais tu pourrais attraper une chauve-souris, et cela ressemble beaucoup à une souris, tu sais. Mais les chats mangent-ils les chauves-souris ? »

Ici le sommeil commença à gagner Alice. Elle répétait, à moitié endormie :

« Les chats mangent-ils les chauves-souris ? Les chats mangent-ils les chauves-souris ? » Et quelquefois : « Les chauves-souris mangent-elles les chats ? »

Car vous comprenez bien que, puisqu'elle ne pouvait répondre ni à l'une ni à l'autre de ces questions, peu importait la manière de les poser.

Elle s'assoupissait et commençait à rêver qu'elle se promenait tenant Dinah par la main, lui disant très-sérieusement :

« Voyons, Dinah, dis-moi la vérité, as-tu jamais mangé des chauves-souris ? »

Quand tout à coup, pouf ! la voilà étendue sur un tas de fagots et de feuilles sèches, elle avait fini de tomber.

Alice ne s'était pas fait le moindre mal. Vite elle se remet sur ses pieds et regarde en l'air ; mais tout est noir là-haut. Elle voit devant elle un long passage et le Lapin Blanc qui court à toutes jambes. Il n'y a pas un instant à perdre ; Alice part comme le vent et arrive tout juste à temps pour entendre le Lapin dire, tandis qu'il tourne le coin :

— Par ma moustache et mes oreilles, comme il se fait tard !

Elle n'en était plus qu'à deux pas : mais le coin tourné, le Lapin avait disparu. Elle se trouva alors dans une salle longue et basse, éclairée par une rangée de lampes pendues au plafond.

Il y avait des portes tout autour de la salle : ces portes étaient toutes fermées, et, après avoir vainement tenté d'ouvrir celles du côté droit, puis celles du côté gauche, Alice se promena tristement au beau milieu de cette salle, se demandant comment elle en sortirait.

Tout à coup elle rencontra sur son passage une petite table à trois pieds, en verre massif, et rien dessus qu'une toute petite clef d'or.

Alice pensa aussitôt que ce pouvait être celle d'une des portes ; mais hélas ! soit que les serrures fussent trop grandes, soit que la clef fût trop petite, elle ne put toujours en ouvrir aucune.

Cependant, ayant fait un second tour, elle aperçut un rideau placé très-bas et qu'elle n'avait pas vu d'abord ; par derrière se trouvait encore une petite porte à peu près quinze pouces de haut. Elle essaya la petite clef d'or à la serrure, et, à sa grande joie, il se trouva qu'elle y allait à merveille. Alice ouvrit la porte, et vit qu'elle conduisait dans un étroit passage à peine plus large qu'un trou à rat.

Elle s'agenouilla, et, jetant les yeux le long du passage, découvrit le plus ravissant jardin du monde. Oh ! Qu'il lui tardait de sortir de cette salle ténébreuse et d'errer au milieu de ces carrés de fleurs brillantes, de ces fraîches fontaines ! Mais sa tête ne pouvait même pas passer par la porte.

« Et quand bien même ma tête y passerait, » pensait Alice, « à quoi cela servirait-il sans mes épaules ? Oh ! que je voudrais donc avoir la faculté de me fermer comme un télescope ! Ça se pourrait peut-être, si je savais comment m'y prendre. »

Il lui était déjà arrivé tant de choses extraordinaires, qu'Alice commençait à croire qu'il n'y en avait guère d'impossibles.

Comme cela n'avançait à rien de passer son temps à attendre à la petite porte, elle retourna vers la table, espérant presque y trouver une autre clef, ou tout au moins quelque grimoire donnant les règles à suivre pour se fermer comme un télescope.

Cette fois elle trouva sur la table une petite bouteille (qui certes n'était pas là tout à l'heure). Au cou de cette petite bouteille était attachée une étiquette en papier, avec ces mots « BUVEZ-MOI » admirablement imprimés en grosses lettres.

C'est bien facile à dire « *Buvez-moi* » mais Alice était trop fine pour obéir à l'aveuglette.

« Examinons d'abord, » dit-elle, « et voyons s'il y a écrit dessus « *Poison* » ou non. »

Car elle avait lu dans de jolis petits contes, que des enfants avaient été brûlés, dévorés par des bêtes féroces, et qu'il leur était arrivé d'autres choses très désagréables, tout cela pour ne s'être pas souvenus des instructions bien simples que leur donnaient leurs parents.

Par exemple, que le tisonnier chauffé à blanc brûle les mains qui le tiennent trop longtemps ; que si on se fait au doigt une coupure profonde, il saigne d'ordinaire ; et elle n'avait point oublié que si l'on boit immodérément d'une bouteille marquée « *Poison* » cela ne manque pas de brouiller le cœur tôt ou tard.

Cependant, comme cette bouteille n'était pas marquée «*Poison*» Alice se hasarda à en goûter le contenu, et le trouvant fort bon, (au fait c'était comme un mélange de tarte aux cerises, de crême, d'ananas, de dinde truffée, de nougat, et de rôties au beurre) elle eut bientôt tout avalé.

« Je me sens toute drôle, » dit Alice, « on dirait que je rentre en moi-même et que je me ferme comme un télescope. »

C'est bien ce qui arrivait en effet. Elle n'avait plus que dix pouces de haut, et un éclair de joie passa sur son visage à la pensée qu'elle était maintenant de la grandeur voulue pour pénétrer par la petite porte dans ce beau jardin. Elle attendit pourtant quelques minutes, pour voir si elle allait rapetisser encore. Cela lui faisait bien un peu peur.

« Songez donc, » se disait Alice, « je pourrais bien finir par m'éteindre comme une chandelle. Que deviendrais-je alors ? »

Et elle cherchait à s'imaginer l'air que pouvait avoir la flamme d'une chandelle éteinte, car elle ne se rappelait pas avoir jamais rien vu de la sorte.

Un moment après, voyant qu'il ne se passait plus rien, elle se décida à aller de suite au jardin. Mais hélas, pauvre Alice ! en arrivant à la porte, elle s'aperçut qu'elle avait oublié la petite clef d'or. Elle revint sur ses pas pour la prendre sur la table. Bah ! impossible d'atteindre la clef qu'elle voyait bien clairement à travers le verre. Elle fit alors tout son possible pour grimper le long d'un des pieds de la table, mais il était trop glissant ; et enfin, épuisée de fatigue, la pauvre enfant s'assit et pleura.

« Allons, à quoi bon pleurer ainsi » se dit Alice vivement. « Je vous conseille, Mademoiselle, de cesser tout de suite ! »

Elle avait pour habitude de se donner de très bons conseils (bien qu'elle les suivît rarement), et quelquefois elle se grondait si fort que les larmes lui en venaient aux yeux ; une fois même elle s'était donné des tapes pour avoir triché dans une partie de croquet qu'elle jouait toute seule ; car cette étrange enfant aimait beaucoup à faire deux personnages.

« Mais, » pensa la pauvre Alice, « il n'y a plus moyen de faire deux personnages, à présent qu'il me reste à peine de quoi en faire un. »

Elle aperçut alors une petite boîte en verre qui était sous la table, l'ouvrit et y trouva un tout petit gâteau sur lequel les mots « MANGEZ-MOI » étaient admirablement tracés avec des raisins de Corinthe.

« Tiens, je vais le manger, » dit Alice : « si cela me fait grandir, je pourrai atteindre à la clef ; si cela me fait rapetisser, je pourrai ramper sous la porte ; d'une façon ou de l'autre, je pénétrerai dans le jardin, et alors, arrive que pourra ! »

Elle mangea donc un petit morceau du gâteau, et, portant sa main sur sa tête, elle se dit tout inquiète :

« Lequel est-ce ? Lequel est-ce ? »

Elle voulait savoir si elle grandissait ou rapetissait, et fût tout étonnée de rester la même. Franchement, c'est ce qui arrive le plus souvent lorsqu'on mange du gâteau ; mais Alice avait tellement pris l'habitude de s'attendre à des choses extraordinaires, que cela lui paraissait ennuyeux et stupide de vivre comme tout le monde.

Aussi elle se remit à l'œuvre, et eut bien vite fait disparaître le gâteau.

Chapitre II

La mare aux larmes.

« De plus très-curieux en plus très-curieux ! » s'écria Alice (sa surprise était si grande qu'elle ne pouvait s'exprimer correctement). « Voilà que je m'allonge comme le plus grand télescope qui fût jamais ! Adieu mes pieds ! » (Elle venait de baisser les yeux, et ses pieds lui semblaient s'éloigner à perte de vue.) « Oh ! mes pauvres petits pieds ! Qui vous mettra vos bas et vos souliers maintenant, mes mignons ? Quant à moi, je ne le pourrai certainement pas ! Je serai bien trop loin pour m'occuper de vous : arrangez-vous du mieux que vous pourrez. »

« Il faut cependant que je sois bonne pour eux, » pensa Alice, « sans cela ils refuseront peut-être d'aller du côté que je voudrai. Ah ! je sais ce que je ferai : je leur donnerai une belle paire de bottines à Noël. »

Puis elle chercha dans son esprit comment elle s'y prendrait.

« Il faudra les envoyer par le messager, » pensa-t-elle ; « quelle étrange chose d'envoyer des présents à ses pieds ! Et l'adresse donc ! C'est cela qui sera drôle.

> *À Monsieur Lepiédroit d'Alice,*
> *Tapis du foyer,*
> *Près du garde-feu.*
> (*De la part de M*ⁱˡᵉ *Alice.*)

« Oh ! que d'enfantillages je dis là ! »

Au même instant, sa tête heurta contre le plafond de la salle : c'est qu'elle avait alors un peu plus de neuf pieds de haut. Vite elle saisit la petite clef d'or et courut à la porte du jardin.

Pauvre Alice ! C'est tout ce qu'elle put faire, après s'être étendue de tout son long sur le côté, que de regarder du coin de l'œil dans le jardin. Quant à traverser le passage, il n'y fallait plus songer. Elle s'assit donc, et se remit à pleurer.

« Quelle honte ! » dit Alice. « Une grande fille comme vous » (« grande » était bien le mot) « pleurer de la sorte ! Allons, finissez, vous dis-je ! »

Mais elle continua de pleurer, versant des torrents de larmes, si bien qu'elle se vit à la fin entourée d'une grande mare, profonde d'environ quatre pouces et s'étendant jusqu'au milieu de la salle.

Quelque temps après, elle entendit un petit bruit de pas dans le lointain ; vite, elle s'essuya les yeux pour voir ce que c'était. C'était le Lapin Blanc, en grande toilette, tenant d'une main une paire de gants paille, et de l'autre un large éventail. Il accourait tout affairé, marmottant entre ses dents :

— Oh ! la Duchesse, la Duchesse ! Elle sera dans une belle colère si je l'ai fait attendre !

Alice se trouvait si malheureuse, qu'elle était disposée à demander secours au premier venu ; ainsi, quand le Lapin fut près d'elle, elle lui dit d'une voix humble et timide,

— Je vous en prie, Monsieur ...

Le Lapin tressaillit d'épouvante, laissa tomber les gants et l'éventail, se mit à courir à toutes jambes et disparut dans les ténèbres.

Alice ramassa les gants et l'éventail, et, comme il faisait très-chaud dans cette salle, elle s'éventa tout en se faisant la conversation :

« Que tout est étrange, aujourd'hui ! Hier les choses se passaient comme à l'ordinaire. Peut-être m'a-t-on changée cette nuit ! Voyons, étais-je la même petite fille ce matin en me levant ? Je crois bien me rappeler que je me suis trouvée un peu différente. Mais si je ne suis pas la même, qui suis-je donc, je vous prie ? Voilà l'embarras. »

Elle se mit à passer en revue dans son esprit toutes les petites filles de son âge qu'elle connaissait, pour voir si elle avait été transformée en l'une d'elles.

« Bien sûr, je ne suis pas Ada. » dit-elle. « Elle a de longs cheveux bouclés et les miens ne frisent pas du tout. Assurément je ne suis pas Mabel, car je sais tout plein de choses et Mabel ne sait presque rien ; et puis, du reste, Mabel, c'est Mabel ; Alice c'est Alice ! Oh ! mais quelle énigme que cela ! Voyons si je me souviendrai de tout ce que je savais : quatre fois cinq font douze, quatre fois six font treize, quatre fois sept font... je n'arriverai jamais à vingt de ce train-là. Mais peu importe la table de multiplication. Essayons de la Géographie : Londres est la capitale de Paris, Paris la capitale de Rome, et Rome la capitale de... mais non, ce n'est pas cela, j'en suis bien sûre ! Je dois être changée en Mabel ! Je vais tâcher de réciter *Maître Corbeau*. »

Elle croisa les mains sur ses genoux comme quand elle disait ses leçons, et se mit à répéter la fable, d'une voix rauque et étrange, et les mots ne se présentaient plus comme autrefois :

> *Maître Corbeau sur un arbre perché,*
> *Faisait son nid entre des branches ;*
> *Il avait relevé ses manches,*
> *Car il était très-affairé.*
> *Maître Renard, par là passant,*
> *Lui dit : « Descendez donc, compère ;*
> *Venez embrasser votre frère. »*
> *Le Corbeau, le reconnaissant,*
> *Lui répondit en son ramage :*
> *« Fromage. »*

« Je suis bien sûre que ce n'est pas ça du tout, » s'écria la pauvre Alice, et ses yeux se remplirent de larmes.

« Ah ! je le vois bien, je ne suis plus Alice, je suis Mabel, et il me faudra aller vivre dans cette vilaine petite maison, où je n'aurai presque pas de jouets pour m'amuser. Oh ! que de leçons on me fera apprendre ! Oui, certes, j'y suis bien résolue, si je suis Mabel je resterai ici. Ils auront beau passer la tête là-haut et me crier, « Reviens auprès de nous, ma chérie ! », je me contenterai de regarder en l'air et de dire: « Dites-moi d'abord qui je suis, et, s'il me plaît d'être cette personne-là, j'irai vous trouver ; sinon, je resterai ici jusqu'à ce que je devienne une autre petite fille. Et pourtant, dit Alice en fondant en larmes, je donnerais tout au monde pour les voir montrer la tête là-haut ! Je m'ennuie tant d'être ici toute seule. »

Comme elle disait ces mots, elle fut bien surprise de voir que tout en parlant elle avait mis un des petits gants du Lapin.

« Comment ai-je pu mettre ce gant ? » pensa-t-elle. « Je rapetisse donc de nouveau ? »

Elle se leva, alla près de la table pour se mesurer, et jugea, autant qu'elle pouvait s'en rendre compte, qu'elle avait environ deux pieds de haut, et continuait de raccourcir rapidement.

Bientôt elle s'aperçut que l'éventail qu'elle avait à la main en était la cause ; vite elle le lâcha, tout juste à temps pour s'empêcher de disparaître tout à fait.

« Je viens de l'échapper belle. » dit Alice, tout émue de ce brusque changement, mais bien aise de voir qu'elle existait encore. « Maintenant, vite au jardin ! »

Elle se hâta de courir vers la petite porte ; mais hélas ! elle s'était refermée et la petite clef d'or se trouvait sur la table de verre, comme tout à l'heure.

« Les choses vont de mal en pis, » pensa la pauvre enfant. « Jamais je ne me suis vue si petite, jamais ! Et c'est vraiment trop fort ! »

À ces mots son pied glissa, et flac ! La voilà dans l'eau salée jusqu'au menton.

Elle se crut d'abord tombée dans la mer.

« Dans ce cas je retournerai chez nous en chemin de fer. » se dit-elle. (Alice avait été au bord de la mer une fois en sa vie, et se figurait que sur n'importe quel point des côtes se trouvent un grand nombre de cabines pour les baigneurs, des enfants qui font des trous dans le sable avec des pelles en bois, une longue ligne de maisons garnies, et derrière ces maisons une gare de chemin de fer.)

Mais elle comprit bientôt qu'elle était dans une mare formée des larmes qu'elle avait pleurées, quand elle avait neuf pieds de haut.

« Je voudrais bien n'avoir pas tant pleuré. » dit Alice tout en nageant de côté et d'autre pour tâcher de sortir de là.

« Je vais en être punie sans doute, en me noyant dans mes propres larmes. C'est cela qui sera drôle ! Du reste, tout est drôle aujourd'hui. »

Au même instant elle entendit patauger dans la mare à quelques pas de là, et elle nagea de ce côté pour voir ce que c'était.

Elle pensa d'abord que ce devait être un cheval marin ou hippopotame ; puis elle se rappela combien elle était petite maintenant, et découvrit bientôt que c'était tout simplement une souris qui, comme elle, avait glissé dans la mare.

« Si j'adressais la parole à cette souris ? Tout est si extraordinaire ici qu'il se pourrait bien qu'elle sût parler : dans tous les cas, il n'y a pas de mal à essayer. »

Elle commença donc :

— Ô Souris, savez-vous comment on pourrait sortir de cette mare ? Je suis bien fatiguée de nager, Ô Souris !

(Alice pensait que c'était là la bonne manière d'interpeller une souris. Pareille chose ne lui était jamais arrivée, mais elle se souvenait d'avoir vu dans la grammaire latine de son frère : « La souris, de la souris, à la souris, ô souris. »)

La Souris la regarda d'un air inquisiteur ; Alice crut même la voir cligner un de ses petits yeux, mais elle ne dit mot.

« Peut-être ne comprend-elle pas cette langue, » se dit Alice ; « c'est sans doute une souris étrangère nouvellement débarquée. Je vais essayer de lui parler italien :

— Dove è il mio gatto ?

C'étaient là les premiers mots de son livre de dialogues. La Souris fit un bond hors de l'eau, et parut trembler de tous ses membres.

— Oh ! mille pardons ! s'écria vivement Alice, qui craignait d'avoir fait de la peine au pauvre animal. J'oubliais que vous n'aimez pas les chats.

— Aimer les chats ! cria la Souris d'une voix perçante et colère. Et vous, les aimeriez-vous si vous étiez à ma place ?

— Non, sans doute, dit Alice d'une voix caressante, pour l'apaiser. Ne vous fâchez pas. Pourtant je voudrais bien vous montrer Dinah, notre chatte. Oh ! si vous la voyiez, je suis sûre que vous prendriez de l'affection pour les chats. Dinah est si douce et si gentille.

Tout en nageant nonchalamment dans la mare et parlant moitié à part soi, moitié à la Souris, Alice continua :

— Elle se tient si gentiment auprès du feu à faire son rouet, à se lécher les pattes, et à se débarbouiller ; son poil est si doux à caresser ; et comme elle attrape bien les souris !

— Oh ! pardon ! dit encore Alice, car cette fois le poil de la Souris s'était tout hérissé, et on voyait bien qu'elle était fâchée tout de bon.

— Nous n'en parlerons plus si cela vous fait de la peine.

— Nous ! dites-vous, s'écria la Souris, en tremblant de la tête à la queue. Comme si moi je parlais jamais de pareilles choses ! Dans notre famille on a toujours détesté les chats, viles créatures sans foi ni loi. Que je ne vous en entende plus parler !

— Eh bien non, dit Alice, qui avait hâte de changer la conversation. Est-ce que … est-ce que vous aimez les chiens ?

La Souris ne répondit pas, et Alice dit vivement :

— Il y a tout près de chez nous un petit chien bien mignon que je voudrais vous montrer ! C'est un petit terrier aux yeux vifs, avec de longs poils bruns frisés ! Il rapporte très bien ; il se tient sur ses deux pattes de derrière, et fait le beau pour avoir à manger. Enfin il fait tant de tours que j'en oublie plus de la moitié ! Il appartient à un fermier qui ne le donnerait pas pour mille francs, tant il lui est utile ; il tue tous les rats et aussi.

— Oh !, reprit Alice d'un ton chagrin, voilà que je vous ai encore offensée !

En effet, la Souris s'éloignait en nageant de toutes ses forces, si bien que l'eau de la mare en était tout agitée.

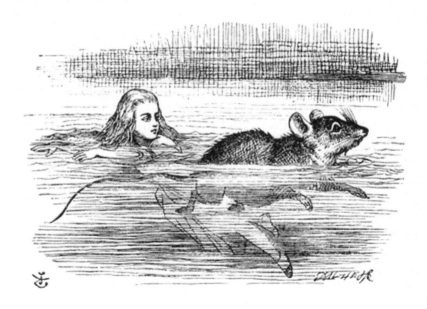

Alice la rappela doucement :

— Ma petite Souris ! Revenez, je vous en prie, nous ne parlerons plus ni de chien ni de chat, puisque vous ne les aimez pas !

À ces mots la Souris fit volte-face, et se rapprocha tout doucement ; elle était toute pâle (de colère, pensait Alice).

La Souris dit d'une voix basse et tremblante :

— Gagnons la rive, je vous conterai mon histoire, et vous verrez pourquoi je hais les chats et les chiens.

Il était grand temps de s'en aller, car la mare se couvrait d'oiseaux et de toutes sortes d'animaux qui y étaient tombés.

Il y avait un canard, un dodo, un lory, un aiglon, et d'autres bêtes extraordinaires.

Alice prit les devants, et toute la troupe nagea vers la rive.

Chapitre III

La course cocasse.

Ils formaient une assemblée bien grotesque ces êtres singuliers réunis sur le bord de la mare. Les uns avaient leurs plumes tout en désordre, les autres le poil plaqué contre le corps. Tous étaient trempés, de mauvaise humeur, et fort mal à l'aise.

— Comment faire pour nous sécher ? ce fut la première question, cela va sans dire. Au bout de quelques instants, il sembla tout naturel à Alice de causer familièrement avec ces animaux, comme si elle les connaissait depuis son berceau. Elle eut même une longue discussion avec le Lory, qui, à la fin, lui dit d'un air boudeur :

— Je suis plus âgé que vous, et je dois par conséquent en savoir plus long.

Alice ne voulut pas accepter cette conclusion avant de savoir l'âge du Lory, et comme celui-ci refusa tout net de le lui dire, cela mit un terme au débat.

Enfin la Souris, qui paraissait avoir un certain ascendant sur les autres, leur cria :

— Asseyez-vous tous, et écoutez-moi ! Je vais bientôt vous faire sécher, je vous le promets !

Vite, tout le monde s'assit en rond autour de la Souris, sur qui Alice tenait les yeux fixés avec inquiétude, car elle se disait :

« Je vais attraper un vilain rhume si je ne sèche pas bientôt. »

— Hum ! fit la Souris d'un air d'importance ; êtes-vous prêts ? Je ne sais rien de plus sec que ceci. Silence dans le cercle, je vous prie. "Guillaume le Conquérant, dont le pape avait embrassé le parti, soumit bientôt les Anglais, qui manquaient de chefs, et commençaient à s'accoutumer aux usurpations et aux conquêtes des étrangers. Edwin et Morcar, comtes de Mercie et de Northumbrie. "

— Brrr, fit le Lory, qui grelottait.

— Pardon, demanda la Souris en fronçant le sourcil, mais fort poliment, qu'avez-vous dit ?

— Moi ! rien, répliqua vivement le Lory.

— Ah ! je croyais, dit la Souris. Je continue. "Edwin et Morcar, comtes de Mercie et de Northumbrie, se déclarèrent en sa faveur, et Stigand, l'archevêque patriote de Cantorbery, trouva cela."

— Trouva quoi ? dit le Canard.

— Il trouva *cela*, répondit la Souris avec impatience. Assurément vous savez ce que « *cela* » veut dire.

— Je sais parfaitement ce que « *cela* » veut dire ; par exemple : quand moi j'ai trouvé cela bon ; « *cela* » veut dire un ver ou une grenouille, ajouta le Canard. Mais il s'agit de savoir ce que l'archevêque trouva.

La Souris, sans prendre garde à cette question, se hâta de continuer.

— "L'archevêque trouva cela de bonne politique d'aller avec Edgar Atheling à la rencontre de Guillaume, pour lui offrir la couronne. Guillaume, d'abord, fut bon prince ; mais l'insolence des vassaux normands."

— Eh bien, comment cela va-t-il, mon enfant ? ajouta-t-elle en se tournant vers Alice.

— Toujours aussi mouillée, dit Alice tristement. Je ne sèche que d'ennui.

— Dans ce cas, dit le Dodo avec emphase, se dressant sur ses pattes, je propose l'ajournement, et l'adoption immédiate de mesures énergiques.

— Parlez français, dit l'Aiglon ; je ne comprends pas la moitié de ces grands mots, et, qui plus est, je ne crois pas que vous les compreniez vous-même.

L'Aiglon baissa la tête pour cacher un sourire, et quelques-uns des autres oiseaux ricanèrent tout haut.

— J'allais proposer, dit le Dodo d'un ton vexé, une course cocasse ; c'est ce que nous pouvons faire de mieux pour nous sécher.

— Qu'est-ce qu'une course cocasse ? demanda Alice ; non qu'elle tînt beaucoup à le savoir, mais le Dodo avait fait une pause comme s'il s'attendait à être questionné par quelqu'un, et personne ne semblait disposé à prendre la parole.

— La meilleure manière de l'expliquer, dit le Dodo, c'est de le faire. (Et comme vous pourriez bien, un de ces jours d'hiver, avoir envie de l'essayer, je vais vous dire comment le Dodo s'y prit.)

D'abord il traça un terrain de course, une espèce de cercle (« Du reste, disait-il, la forme n'y fait rien »), et les coureurs furent placés indifféremment çà et là sur le terrain.

Personne ne cria, « Un, deux, trois, en avant ! » mais chacun partit et s'arrêta quand il voulut, de sorte qu'il n'était pas aisé de savoir quand la course finirait.

Cependant, au bout d'une demi-heure, tout le monde étant sec, le Dodo cria tout à coup :

— La course est finie ! et les voilà tous haletants qui entourent le Dodo et lui demandent :

— Qui a gagné ?

Cette question donna bien à réfléchir au Dodo ; il resta longtemps assis, un doigt appuyé sur le front (pose ordinaire de Shakespeare dans ses portraits) ; tandis que les autres attendaient en silence.

Enfin le Dodo dit :

— Tout le monde a gagné, et tout le monde aura un prix.

— Mais qui donnera les prix ? demandèrent-ils tous à la fois.

— *Elle*, cela va sans dire, répondit le Dodo, en montrant Alice du doigt, et toute la troupe l'entoura aussitôt en criant confusément :

— Les prix ! Les prix !

Alice ne savait que faire ; pour sortir d'embarras elle mit la main dans sa poche et en tira une boîte de dragées (heureusement l'eau salée n'y avait pas pénétré) ; puis en donna une en prix à chacun ; il y en eut juste assez pour faire le tour.

— Mais il faut aussi qu'elle ait un prix, elle, dit la Souris.

— Très justement, reprit le Dodo gravement.

— Avez-vous encore quelque chose dans votre poche ? continua-t-il en se tournant vers Alice.

— Un dé, rien d'autre, dit Alice d'un ton chagrin.

— Faites passer, dit le Dodo.

Tous se groupèrent de nouveau autour d'Alice, tandis que le Dodo lui présentait solennellement le dé en disant :

— Nous vous prions d'accepter ce superbe dé.

Lorsqu'il eut fini ce petit discours, tout le monde cria « Hourra ! »

Alice trouvait tout cela bien ridicule, mais les autres avaient l'air si grave, qu'elle n'osait pas rire. Aucune réponse ne lui venant à l'esprit, elle se contenta de faire la révérence, et prit le dé de son air le plus sérieux.

Il n'y avait plus maintenant qu'à manger les dragées ; ce qui ne se fit pas sans un peu de bruit et de désordre, car les gros oiseaux se plaignirent de n'y trouver aucun goût, et il fallut taper dans le dos des petits qui étranglaient. Enfin tout rentra dans le calme.

On s'assit en rond autour de la Souris, et on la pria de raconter encore quelque chose.

— Vous m'avez promis de me raconter votre histoire, dit Alice, et de m'expliquer pourquoi vous détestez ... les chats et les chiens, ajouta-t-elle tout bas, craignant encore de déplaire.

La Souris, se tournant vers Alice, soupira et lui dit :

— Mon histoire sera longue et traînante.

— Tiens ! tout comme votre queue, dit Alice, frappée de la ressemblance, et regardant avec étonnement la queue de la Souris tandis que celle-ci parlait.

Les idées d'histoire et de queue longue et traînante se brouillaient dans l'esprit d'Alice à peu près de cette façon :

« Canichon dit à
la Souris, qu'il
rencontra
Dans le
logis :
« Je crois
le moment
fort propice
De te faire
aller en justice.
Je ne
doute pas
du succès
Que doit
avoir
notre procès.
Vite, allons,
commençons
l'affaire.
Ce matin
je n'ai rien
à faire. »
La Souris
dit à
Canichon :
« Sans juge
et sans
jurés,
mon bon ! »
Mais
Canichon
plein de
malice
Dit :
« C'est moi
qui suis
la justice,
Et, que
tu aies
raison
ou tort,
Je vais te
condamner
à mort. »

— Vous ne m'écoutez pas, dit la Souris à Alice d'un air sévère. À quoi pensez-vous donc ?

— Pardon, dit Alice humblement. Vous en étiez au cinquième détour.

— Détour ! dit la Souris d'un ton sec. Croyez-vous donc que je manque de véracité ?

— Des vers à citer ? Oh ! je puis vous en fournir quelques-uns ! dit Alice, toujours prête à rendre service.

— On n'a pas besoin de vous, dit la Souris. C'est m'insulter que de dire de pareilles sottises.

Puis elle se leva pour s'en aller.

— Je n'avais pas l'intention de vous offenser, dit Alice d'une voix conciliante. Mais franchement vous êtes bien susceptible.

La Souris grommela quelque chose entre ses dents et s'éloigna.

— Revenez, je vous en prie, finissez votre histoire, lui cria Alice.

Et tous les autres dirent en chœur :

— Oui, nous vous en supplions.

Mais la Souris secouant la tête ne s'en alla que plus vite.

— Quel dommage qu'elle ne soit pas restée ! dit en soupirant le Lory, sitôt que la Souris eut disparu.

Un vieux crabe, profitant de l'occasion, dit à son fils :

— Mon enfant, que cela vous serve de leçon, et vous apprenne à ne jamais vous emporter!

— Taisez-vous donc, papa, dit le jeune crabe d'un ton aigre. Vous feriez perdre patience à une huître.

— Ah ! si Dinah était ici, dit Alice tout haut sans s'adresser à personne. C'est elle qui l'aurait bientôt ramenée.

— Et qui est Dinah, s'il n'y a pas d'indiscrétion à le demander ? dit le Lory.

Alice répondit avec empressement, car elle était toujours prête à parler de sa favorite :

— Dinah, c'est notre chatte. Si vous saviez comme elle attrape bien les souris ! Et si vous la voyiez courir après les oiseaux ; aussitôt vus, aussitôt croqués.

Ces paroles produisirent un effet singulier sur l'assemblée.

Quelques oiseaux s'enfuirent aussitôt ; une vieille pie s'enveloppant avec soin murmura :

— Il faut vraiment que je rentre chez moi, l'air du soir ne vaut rien pour ma gorge !

Et un canari cria à ses petits d'une voix tremblante :

— Venez, mes enfants ; il est grand temps que vous vous mettiez au lit !

Enfin, sous un prétexte ou sous un autre, chacun s'esquiva, et Alice se trouva bientôt seule.

« Je voudrais bien n'avoir pas parlé de Dinah. » se dit-elle tristement. « Personne ne l'aime ici, et pourtant c'est la meilleure chatte du monde ! Oh ! chère Dinah, te reverrai-je jamais ? »

Ici la pauvre Alice se reprit à pleurer ; elle se sentait seule, triste, et abattue.

Au bout de quelque temps elle entendit au loin un petit bruit de pas ; elle s'empressa de regarder, espérant que la Souris avait changé d'idée et revenait finir son histoire.

Chapitre IV

L'habitation du Lapin Blanc.

C'était le Lapin Blanc qui revenait en trottinant, et qui cherchait de tous côtés, d'un air inquiet, comme s'il avait perdu quelque chose. Alice l'entendit qui marmottait :

— La Duchesse ! La Duchesse ! Oh ! mes pauvres pattes, Oh ! ma robe et mes moustaches ! Elle me fera guillotiner aussi vrai que des furets sont des furets ! Où pourrais-je bien les avoir perdus ?

Alice devina tout de suite qu'il cherchait l'éventail et la paire de gants paille, et, comme elle avait bon cœur, elle se mit à les chercher aussi ; mais pas moyen de les trouver. Du reste, depuis son bain dans la mare aux larmes, tout était changé : la salle, la table de verre, et la petite porte avaient complétement disparu.

Bientôt le Lapin aperçut Alice qui furetait ; il lui cria d'un ton d'impatience :

— Eh bien ! Marianne, que faites-vous ici ? Courez vite à la maison me chercher une paire de gants et un éventail ! Allons, dépêchons-nous.

Alice eut si grand peur qu'elle se mit aussitôt à courir dans la direction qu'il indiquait, sans chercher à lui expliquer qu'il se trompait.

« Il m'a pris pour sa bonne. » se disait-elle en courant. « Comme il sera étonné quand il saura qui je suis ! Mais je ferai bien de lui porter ses gants et son éventail ; c'est-à-dire, si je les trouve ... »

Ce disant, elle arriva en face d'une petite maison, et vit sur la porte une plaque en cuivre avec ces mots: « JEAN LAPIN. »

Elle monta l'escalier, entra sans frapper, tout en tremblant de rencontrer la vraie Marianne, et d'être mise à la porte avant d'avoir trouvé les gants et l'éventail.

« Que c'est drôle, » se dit Alice, « de faire des commissions pour un lapin ! Bientôt ce sera Dinah qui m'enverra en commission. »

Elle se prit alors à imaginer comment les choses se passeraient :

« Mademoiselle Alice, venez ici tout de suite vous apprêter pour la promenade. »

« Dans l'instant, ma bonne ! Il faut d'abord que je veille sur ce trou jusqu'à ce que Dinah revienne, pour empêcher que la souris ne sorte. »

« Mais je ne pense pas, » continua Alice, « qu'on garderait Dinah à la maison si elle se mettait dans la tête de commander comme cela aux gens. »

Tout en causant ainsi, Alice était entrée dans une petite chambre bien rangée, et, comme elle s'y attendait, sur une petite table dans l'embrasure de la fenêtre, elle vit un éventail et deux ou trois paires de gants de chevreau tout petits. Elle en prit une paire, ainsi que l'éventail, et allait quitter la chambre lorsqu'elle aperçut, près du miroir, une petite bouteille. Cette fois il n'y avait pas l'inscription «BUVEZ-MOI», ce qui n'empêcha pas Alice de la déboucher et de la porter à ses lèvres.

« Il m'arrive toujours quelque chose d'intéressant, » se dit-elle, « lorsque je mange ou que je bois. Je vais voir un peu l'effet de cette bouteille. J'espère bien qu'elle me fera regrandir, car je suis vraiment fatiguée de n'être qu'une petite nabote ! »

C'est ce qui arriva en effet, et bien plus tôt qu'elle ne s'y attendait. Elle n'avait pas bu la moitié de la bouteille, que sa tête touchait au plafond et qu'elle fut forcée de se baisser pour ne pas se casser le cou.

Elle remit bien vite la bouteille sur la table en se disant :

« En voilà assez ; j'espère ne pas grandir davantage. Je ne puis déjà plus passer par la porte. Oh ! je voudrais bien n'avoir pas tant bu ! »

Hélas ! il était trop tard ; elle grandissait, grandissait, et eut bientôt à se mettre à genoux sur le plancher.

Mais un instant après, il n'y avait même plus assez de place pour rester dans cette position, et elle essaya de se tenir étendue par terre, un coude contre la porte et l'autre bras passé autour de sa tête. Cependant, comme elle grandissait toujours, elle fut obligée, comme dernière ressource, de laisser pendre un de ses bras par la fenêtre et d'enfoncer un pied dans la cheminée en disant :

« À présent c'est tout ce que je peux faire, quoi qu'il arrive. Que vais-je devenir ? »

Heureusement pour Alice, la petite bouteille magique avait alors produit tout son effet, et elle cessa de grandir. Cependant sa position était bien gênante, et comme il ne semblait pas y avoir la moindre chance qu'elle pût jamais sortir de cette chambre, il n'y a pas à s'étonner qu'elle se trouvât bien malheureuse.

« C'était bien plus agréable chez nous. » pensa la pauvre enfant. « Là du moins je ne passais pas mon temps à grandir et à rapetisser, et je n'étais pas la domestique des lapins et des souris. Je voudrais bien n'être jamais descendue dans ce terrier ; et pourtant c'est assez drôle cette manière de vivre ! Je suis curieuse de savoir ce qui m'est arrivé. Autrefois, quand je lisais des contes de fées, je m'imaginais que rien de tout cela ne pouvait être, et maintenant me voilà en pleine féerie. On devrait faire un livre sur mes aventures ; il y aurait de quoi ! Quand je serai grande j'en ferai un, moi. »

« Mais je suis déjà bien grande ! » dit-elle tristement. « Dans tous les cas, il n'y a plus de place ici pour grandir davantage. »

« Mais alors, » pensa Alice, « ne serai-je donc jamais plus vieille que je ne le suis maintenant ? D'un côté cela aura ses avantages, ne jamais être une vieille femme. Mais alors avoir toujours des leçons à apprendre ! Oh, je n'aimerais pas cela du tout. »

« Oh ! Alice, petite folle, » se répondit-elle, « comment pourriez-vous apprendre des leçons ici ? Il y a à peine de la place pour vous, et il n'y en a pas du tout pour vos livres de leçons. »

Et elle continua ainsi, faisant tantôt les demandes et tantôt les réponses, et établissant sur ce sujet toute une conversation ; mais au bout de quelques instants elle entendit une voix au dehors, et s'arrêta pour écouter.

— Marianne ! Marianne ! criait la voix ; allez chercher mes gants bien vite !

Puis Alice entendit des piétinements dans l'escalier. Elle savait que c'était le Lapin qui la cherchait. Elle trembla si fort qu'elle en ébranla la maison, oubliant que maintenant elle était mille fois plus grande que le Lapin, et n'avait rien à craindre de lui.

Le Lapin, arrivé à la porte, essaya de l'ouvrir ; mais, comme elle s'ouvrait en dedans et que le coude d'Alice était fortement appuyé contre la porte, la tentative fut vaine.

Alice entendit le Lapin qui murmurait :

« C'est bon, je vais faire le tour et j'entrerai par la fenêtre. »

« Je t'en défie ! » pensa Alice.

Elle attendit un peu ; puis, quand elle crut que le Lapin était sous la fenêtre, elle étendit le bras tout à coup pour le saisir ; elle ne prit que du vent. Mais elle entendit un petit cri, puis le bruit d'une chute et de vitres cassées (ce qui lui fit penser que le Lapin était tombé sur les châssis de quelque serre à concombre), puis une voix colère, celle du Lapin :

— Patrice ! Patrice ! où es-tu ?

Une voix qu'elle ne connaissait pas répondit :

— Me v'là, not' maître ! J'bêchons la terre pour trouver des pommes !

— Pour trouver des pommes ! dit le Lapin furieux. Viens m'aider à me tirer d'ici. (Nouveau bruit de vitres cassées.)

— Dis-moi un peu, Patrice, qu'est-ce qu'il y a là à la fenêtre ?

— Ça, not' maître, c'est un bras.

— Un bras, imbécile ! Qui a jamais vu un bras de cette dimension ? Ça bouche toute la fenêtre.

— Bien sûr, not' maître, mais c'est un bras tout de même.

— Dans tous les cas il n'a rien à faire ici. Enlève-moi ça bien vite.

Il se fit un long silence, et Alice n'entendait plus que des chuchotements de temps à autre, comme : « Maître, j'osons point. », « Fais ce que je te dis, capon ! »

Alice étendit le bras de nouveau comme pour agripper quelque chose ; cette fois il y eut deux petits cris et encore un bruit de vitres cassées.

« Que de châssis il doit y avoir là ! » pensa Alice. « Je me demande ce qu'ils vont faire à présent. Quant à me retirer par la fenêtre, je le souhaite de tout mon cœur, car je n'ai pas la moindre envie de rester ici plus longtemps ! »

Il se fit quelques instants de silence. À la fin, Alice entendit un bruit de petites roues, puis le son d'un grand nombre de voix ; elle distingua ces mots :

« Où est l'autre échelle ? — Je n'avais point qu'à en apporter une ; c'est Jacques qui a l'autre. — Allons, Jacques, apporte ici, mon garçon ! — Dressez-les là au coin. — Non, attachez-les d'abord l'une au bout de l'autre. — Elles ne vont pas encore assez haut. — Ça fera l'affaire ; ne soyez pas si difficile. — Tiens, Jacques, attrape ce bout de corde. — Le toit portera-t-il bien ? — Attention à cette tuile qui ne tient pas. — Bon ! la voilà qui dégringole. Gare les têtes ! » (Il se fit un grand fracas.) « Qui a fait cela ? — Je crois bien que c'est Jacques. — Qui est-ce qui va descendre par la cheminée ? — Pas moi, bien sûr ! Allez-y, vous. — Non pas, vraiment. — C'est à vous, Jacques, à descendre. — Hohé, Jacques, not' maître dit qu'il faut que tu descendes par la cheminée ! »

« Ah ! » se dit Alice, « c'est donc Jacques qui va descendre. Il paraît qu'on met tout sur le dos de Jacques. Je ne voudrais pas pour beaucoup être Jacques. Ce foyer est étroit certainement, mais je crois bien que je pourrai tout de même lui lancer un coup de pied. »

Elle retira son pied aussi bas que possible, et ne bougea plus jusqu'à ce qu'elle entendît le bruit d'un petit animal (elle ne pouvait deviner de quelle espèce) qui grattait et cherchait à descendre dans la cheminée, juste au-dessus d'elle ; alors se disant :

« Voilà Jacques sans doute. » elle lança un bon coup de pied, et attendit pour voir ce qui allait arriver.

La première chose qu'elle entendit fut un cri général de :

— Tiens, voilà Jacques en l'air !

Puis la voix du Lapin, qui criait :

— Attrapez-le, vous là-bas, près de la haie !

Puis un long silence ; ensuite un mélange confus de voix :

— Soutenez-lui la tête. — De l'eau-de-vie maintenant. — Ne le faites pas s'étouffer. — Qu'est-ce donc, vieux camarade ? — Que t'est-il arrivé ? Raconte-nous ça !

Enfin une petite voix faible et flûtée se fit entendre. (« C'est la voix de Jacques. » pensa Alice.)

— Je n'en sais vraiment rien. Merci, c'est assez ; je me sens mieux maintenant ; mais je suis encore trop bouleversé pour vous conter la chose. Tout ce que je sais, c'est que j'ai été poussé comme par un ressort, et que je suis parti en l'air comme une fusée.

— Ça, c'est vrai, vieux camarade, disaient les autres.

— Il faut mettre le feu à la maison, dit le Lapin.

Alors Alice cria de toutes ses forces :

— Si vous osez faire cela, j'envoie Dinah à votre poursuite!

Il se fit tout à coup un silence de mort.

« Que vont-ils faire à présent ? » pensa Alice. « S'ils avaient un peu d'esprit, ils enlèveraient le toit. »

Quelques minutes après, les allées et venues recommencèrent, et Alice entendit le Lapin, qui disait :

— Une brouettée d'abord, ça suffira.

« Une brouettée de quoi ? » pensa Alice. Il ne lui resta bientôt plus de doute, car, un instant après, une grêle de petits cailloux vint battre contre la fenêtre, et quelques-uns même l'atteignirent au visage.

« Je vais bientôt mettre fin à cela. » se dit-elle ; puis elle cria :

— Vous ferez bien de ne pas recommencer!

Ce qui produisit encore un profond silence.

Alice remarqua, avec quelque surprise, qu'en tombant sur le plancher les cailloux se changeaient en petits gâteaux, et une brillante idée lui traversa l'esprit.

« Si je mange un de ces gâteaux, » pensa-t-elle, « cela ne manquera pas de me faire ou grandir ou rapetisser ; or, je ne puis plus grandir, c'est impossible, donc je rapetisserai ! »

Elle avala un des gâteaux, et s'aperçut avec joie qu'elle diminuait rapidement.

Aussitôt qu'elle fut assez petite pour passer par la porte, elle s'échappa de la maison, et trouva toute une foule d'oiseaux et d'autres petits animaux qui attendaient dehors.

Le pauvre petit lézard, Jacques, était au milieu d'eux, soutenu par des cochons d'Inde, qui le faisaient boire à une bouteille.

Tous se précipitèrent sur Alice aussitôt qu'elle parut ; mais elle se mit à courir de toutes ses forces, et se trouva bientôt en sûreté dans un bois touffu.

« La première chose que j'aie à faire, » se dit Alice en errant çà et là dans les bois, « c'est de revenir à ma première grandeur ; la seconde, de chercher un chemin qui me conduise dans ce ravissant jardin. C'est là, je crois, ce que j'ai de mieux à faire ! »

En effet c'était un plan de campagne excellent, très simple et très habilement combiné. Toute la difficulté était de savoir comment s'y prendre pour l'exécuter.

Tandis qu'elle regardait en cachette et avec précaution à travers les arbres, un petit aboiement sec, juste au-dessus de sa tête, lui fit tout à coup lever les yeux.

Un jeune chien (qui lui parut énorme) la regardait avec de grands yeux ronds, et étendait légèrement la patte pour tâcher de la toucher.

— Pauvre petit ! dit Alice d'une voix caressante et essayant de siffler.

Elle avait une peur terrible cependant, car elle pensait qu'il pouvait bien avoir faim, et que dans ce cas il était probable qu'il la mangerait, en dépit de toutes ses câlineries.

Sans trop savoir ce qu'elle faisait, elle ramassa une petite baguette et la présenta au petit chien qui bondit des quatre pattes à la fois, aboyant de joie, et se jeta sur le bâton comme pour jouer avec. Alice passa de l'autre côté d'un gros chardon pour n'être pas foulée aux pieds. Sitôt qu'elle reparut, le petit chien se précipita de nouveau sur le bâton, et, dans son empressement de le saisir, butta et fit une cabriole. Mais Alice, trouvant que cela ressemblait beaucoup à une partie qu'elle ferait avec un cheval de charrette, et craignant à chaque instant d'être écrasée par le chien, se remit à tourner autour du chardon. Alors le petit chien fit une série de charges contre le bâton. Il avançait un peu chaque fois, puis reculait bien loin en faisant des aboiements rauques. Puis enfin il se coucha à une grande distance de là, tout haletant, la langue pendante, et ses grands yeux à moitié fermés.

Alice jugea que le moment était venu de s'échapper. Elle prit sa course aussitôt, et ne s'arrêta que lorsqu'elle se sentit fatiguée et hors d'haleine, et qu'elle n'entendit plus que faiblement dans le lointain les aboiements du petit chien.

« C'était pourtant un bien joli petit chien. » dit Alice, en s'appuyant sur un bouton d'or pour se reposer, et en s'éventant avec une des feuilles de la plante.

« Je lui aurais volontiers enseigné tout plein de jolis tours si.. si j'avais été assez grande pour cela ! Oh ! mais j'oubliais que j'avais encore à grandir ! Voyons, comment faire ? Je devrais sans doute boire ou manger quelque chose ; mais quoi ? Voilà la grande question. »

En effet, la grande question était bien de savoir quoi ? Alice regarda tout autour d'elle les fleurs et les brins d'herbes ; mais elle ne vit rien qui lui parût bon à boire ou à manger dans les circonstances présentes.

Près d'elle poussait un large champignon, à peu près haut comme elle. Lorsqu'elle l'eut examiné par-dessous, d'un côté et de l'autre, par-devant et par-derrière, l'idée lui vint qu'elle ferait bien de regarder ce qu'il y avait dessus.

Elle se dressa sur la pointe des pieds, et, glissant les yeux par-dessus le bord du champignon, ses regards rencontrèrent ceux d'une grosse chenille bleue assise au sommet, les bras croisés, fumant tranquillement une longue pipe turque sans faire la moindre attention à elle ni à quoi que ce fût.

Chapitre V

Conseils d'une chenille.

La Chenille et Alice se considérèrent un instant en silence. Enfin la Chenille sortit le houka de sa bouche, et lui adressa la parole d'une voix endormie et traînante.

— Qui êtes-vous ? dit la Chenille.

Ce n'était pas là une manière encourageante d'entamer la conversation.

Alice répondit, un peu confuse :

— Je... je le sais à peine moi-même quant à présent. Je sais bien ce que j'étais en me levant ce matin, mais je crois avoir changé plusieurs fois depuis.

— Qu'entendez-vous par là ? dit la Chenille d'un ton sévère. Expliquez-vous.

— Je crains bien de ne pas pouvoir m'expliquer, dit Alice, car, voyez-vous, je ne suis plus moi-même.

— Je ne vois pas du tout, répondit la Chenille.

— J'ai bien peur de ne pouvoir pas dire les choses plus clairement, répliqua Alice fort poliment ; car d'abord je n'y comprends rien moi-même. Grandir et rapetisser si souvent en un seul jour, cela embrouille un peu les idées.

— Pas du tout, dit la Chenille.

— Peut-être ne vous en êtes-vous pas encore aperçue, dit Alice. Mais quand vous deviendrez chrysalide, car c'est ce qui vous arrivera, sachez-le bien, et ensuite papillon, je crois bien que vous vous sentirez un peu drôle, qu'en dites-vous ?

— Pas du tout, dit la Chenille.

— Vos sensations sont peut-être différentes des miennes, dit Alice. Tout ce que je sais, c'est que cela me semblerait bien drôle à moi.

— À vous ! dit la Chenille d'un ton de mépris. Qui êtes-vous ?

Cette question les ramena au commencement de la conversation.

Alice, un peu irritée du parler bref de la Chenille, se redressa de toute sa hauteur et répondit bien gravement :

— Il me semble que vous devriez d'abord me dire qui vous êtes vous-même.

— Pourquoi ? dit la Chenille.

C'était encore là une question bien embarrassante ; et comme Alice ne trouvait pas de bonne raison à donner, et que la Chenille avait l'air de très mauvaise humeur, Alice lui tourna le dos et s'éloigna.

— Revenez, lui cria la Chenille. J'ai quelque chose d'important à vous dire !

L'invitation était engageante assurément ; Alice revint sur ses pas.

— Ne vous emportez pas, dit la Chenille.

— Est-ce tout ? dit Alice, cherchant à retenir sa colère.

— Non, répondit la Chenille.

Alice pensa qu'elle ferait tout aussi bien d'attendre, et qu'après tout la Chenille lui dirait peut-être quelque chose de bon à savoir.

La Chenille continua de fumer pendant quelques minutes sans rien dire.

Puis, retirant enfin la pipe de sa bouche, elle se croisa les bras et dit :

— Ainsi vous vous figurez que vous êtes changée, hein ?

— Je le crains bien, dit Alice. Je ne peux plus me souvenir des choses comme autrefois, et je ne reste pas dix minutes de suite de la même grandeur !

— De quoi est-ce que vous ne pouvez pas vous souvenir ? dit la Chenille.

— J'ai essayé de réciter la fable de *Maître Corbeau*, mais ce n'était plus la même chose, répondit Alice d'un ton chagrin.

— Récitez : " *Vous êtes vieux, Père Guillaume* " dit la Chenille.

Alice croisa les mains et commença :

— *Vous êtes vieux, Père Guillaume, vous avez des cheveux tout gris.*
La tête en bas ! Père Guillaume; à votre âge, c'est peu permis !

— *Étant jeune, pour ma cervelle je craignais fort, mon cher enfant ;*
Je n'en ai plus une parcelle, j'en suis bien certain maintenant.

— *Vous êtes vieux, je le répète, mais comment donc par cette porte,*
Vous, dont la taille est si rondelette, cabriolez-vous de la sorte ?

— *Étant jeune, mon cher enfant, j'avais chaque jointure bonne ;*
Je me frottais de cet onguent ; si vous payez je vous en donne.

— Vous êtes vieux, et vous mangez les os comme de la bouillie ;
Et jamais rien ne me laissez. Comment faites-vous, je vous prie ?

— Étant jeune, je me disputais tous les jours avec votre mère ;
C'est ainsi que je me suis fait un si puissant os maxillaire.

— Vous êtes vieux, par quelle adresse tenez-vous debout sur le nez
Une anguille qui se redresse droit comme un I quand vous sifflez ?

— Cette question est trop sotte ! Cessez de babiller ainsi,
Ou je vais, du bout de ma botte, vous envoyer bien loin d'ici.

— Ce n'est pas cela, dit la Chenille.

— Pas tout à fait, je le crains bien, dit Alice timidement. Tous les mots ne sont pas les mêmes.

— C'est tout de travers d'un bout à l'autre, dit la Chenille d'un ton décidé ; et il se fit un silence de quelques minutes.

La Chenille fut la première à reprendre la parole.

— De quelle grandeur voulez-vous être ? demanda-t-elle.

— Oh ! je ne suis pas difficile, quant à la taille, reprit vivement Alice. Mais vous comprenez bien qu'on n'aime pas à en changer si souvent.

— Je ne comprends pas du tout, dit la Chenille.

Alice se tut ; elle n'avait jamais de sa vie été si souvent contredite, et elle sentait qu'elle allait perdre patience.

— Êtes-vous satisfaite maintenant ? dit la Chenille.

— J'aimerais bien à être un petit peu plus grande, si cela vous était égal, dit Alice. Trois pouces de haut, c'est si peu !

— C'est une très belle taille, dit la Chenille en colère, se dressant de toute sa hauteur. (Elle avait tout juste trois pouces de haut.)

— Mais je n'y suis pas habituée, répliqua Alice d'un ton piteux, et elle fit cette réflexion :

« Je voudrais bien que ces gens-là ne fussent pas si susceptibles. »

— Vous finirez par vous y habituer, dit la Chenille.

Elle remit la pipe à sa bouche, et fuma de plus belle.

Cette fois Alice attendit patiemment qu'elle se décidât à parler. Au bout de deux ou trois minutes la Chenille sortit le houka de sa bouche, bâilla une ou deux fois et se secoua. Puis elle descendit de dessus le champignon, glissa dans le gazon, et dit tout simplement en s'en allant :

— Un côté vous fera grandir, et l'autre vous fera rapetisser.

« Un côté de quoi, l'autre côté de quoi ? » pensa Alice.

— Du champignon, dit la Chenille, comme si Alice avait parlé tout haut ; et un moment après la Chenille avait disparu.

Alice contempla le champignon d'un air pensif pendant un instant, essayant de deviner quels en étaient les côtés. Et comme le champignon était tout rond, elle trouva la question fort embarrassante. Enfin elle étendit ses bras tout autour, en les allongeant autant que possible, et, de chaque main, enleva une petite partie du bord du champignon.

« Maintenant, lequel des deux ? » se dit-elle, et elle grignota un peu du morceau de la main droite pour voir quel effet il produirait.

Presque aussitôt elle reçut un coup violent sous le menton ; il venait de frapper contre son pied.

Ce brusque changement lui fit grand peur, mais elle comprit qu'il n'y avait pas de temps à perdre, car elle diminuait rapidement. Elle se mit donc bien vite à manger un peu de l'autre morceau. Son menton était si rapproché de son pied qu'il y avait à peine assez de place pour qu'elle pût ouvrir la bouche. Elle y réussit enfin, et parvint à avaler une partie du morceau de la main gauche.

— Voilà enfin ma tête libre, dit Alice d'un ton joyeux qui se changea bientôt en cris d'épouvante, quand elle s'aperçut de l'absence de ses épaules.

Tout ce qu'elle pouvait voir en regardant en bas, c'était un cou long à n'en plus finir qui semblait se dresser comme une tige, du milieu d'un océan de verdure s'étendant bien loin au-dessous d'elle,

« Qu'est-ce que c'est que toute cette verdure ? » dit Alice. « Et où donc sont mes épaules ? Oh ! mes pauvres mains ! Comment se fait-il que je ne puis vous voir ? »

Tout en parlant elle agitait les mains, mais il n'en résulta qu'un petit mouvement au loin parmi les feuilles vertes.

Comme elle ne trouvait pas le moyen de porter ses mains à sa tête, elle tâcha de porter sa tête à ses mains, et s'aperçut avec joie que son cou se repliait avec aisance de tous côtés comme un serpent. Elle venait de réussir à le plier en un gracieux zigzag, et allait plonger parmi les feuilles, qui étaient tout simplement le haut des arbres sous lesquels elle avait erré, quand un sifflement aigu la força de reculer promptement. Un gros pigeon venait de lui voler à la figure, et lui donnait de grands coups d'ailes.

— Serpent ! criait le Pigeon.

— Je ne suis pas un serpent, dit Alice, avec indignation. Laissez-moi tranquille.

— Serpent ! Je le répète, dit le Pigeon d'un ton plus doux ; puis il continua avec une espèce de sanglot :

— J'ai essayé de toutes les façons, rien ne semble les satisfaire.

— Je n'ai pas la moindre idée de ce que vous voulez dire, répondit Alice.

— J'ai essayé des racines d'arbres ; j'ai essayé des talus ; j'ai essayé des haies, continua le Pigeon sans faire attention à elle. Mais ces serpents ! il n'y a pas moyen de les satisfaire.

Alice était de plus en plus intriguée, mais elle pensa que ce n'était pas la peine de dire quoique ce soit avant que le Pigeon eût fini de parler.

— Je n'ai donc pas assez de mal à couver mes œufs, dit le Pigeon. Il faut encore que je guette les serpents nuit et jour. Je n'ai pas fermé l'œil depuis trois semaines !

— Je suis fâchée que vous ayez été tourmenté, dit Alice, qui commençait à comprendre.

— Au moment où je venais de choisir l'arbre le plus haut de la forêt, continua le Pigeon en élevant la voix jusqu'à crier, au moment où je me figurais que j'allais en être enfin débarrassé, les voilà qui tombent du ciel en replis tortueux. Oh ! le vilain serpent !

— Mais je ne suis pas un serpent, dit Alice. Je suis une... Je suis...

— Eh bien ! qu'êtes-vous ! dit le Pigeon, je vois que vous cherchez à inventer quelque chose.

— Je... je suis une petite fille, répondit Alice avec quelque hésitation, car elle se rappelait combien de changements elle avait éprouvés ce jour-là.

— Voilà une histoire invraisemblable ! dit le Pigeon d'un air de profond mépris. J'ai vu bien des petites filles dans mon temps, mais je n'en ai jamais vu avec un cou comme cela. Non, non ; vous êtes un serpent ; il est inutile de le nier. Vous allez sans doute me dire que vous n'avez jamais mangé d'œufs.

— Si fait, j'ai mangé des œufs, dit Alice, qui ne savait pas mentir ; mais vous savez que les petites filles mangent des œufs aussi bien que les serpents.

— Je n'en crois rien, dit le Pigeon, mais s'il en est ainsi, elles sont une espèce de serpent ; c'est tout ce que j'ai à vous dire.

Cette idée était si nouvelle pour Alice qu'elle resta muette pendant une ou deux minutes, ce qui donna au Pigeon le temps d'ajouter :

— Vous cherchez des œufs, ça j'en suis bien sûr, et alors que m'importe que vous soyez une petite fille ou un serpent ?

— Cela m'importe beaucoup à moi, dit Alice vivement ; mais je ne cherche pas d'œufs justement, et quand même j'en chercherais je ne voudrais pas des vôtres ; je ne les aime pas crus.

— Eh bien ! allez-vous-en alors, dit le Pigeon d'un ton boudeur en se remettant dans son nid.

Alice se glissa parmi les arbres du mieux qu'elle put en se baissant, car son cou s'entortillait dans les branches, et à chaque instant il lui fallait s'arrêter et le désentortiller.

Au bout de quelque temps, elle se rappela qu'elle tenait encore dans ses mains les morceaux de champignon, et elle se mit à l'œuvre avec grand soin, grignotant tantôt l'un, tantôt l'autre, et tantôt grandissant, tantôt rapetissant, jusqu'à ce qu'enfin elle parvint à se ramener à sa grandeur naturelle.

Il y avait si longtemps qu'elle n'avait été d'une taille raisonnable que cela lui parut d'abord tout drôle, mais elle finit par s'y accoutumer, et commença à se parler à elle-même, comme d'habitude.

« Allons, voilà maintenant la moitié de mon projet exécuté. Comme tous ces changements sont embarrassants ! Je ne suis jamais sûre de ce que je vais devenir d'une minute à l'autre. Toutefois, je suis redevenue de la bonne grandeur ; il me reste maintenant à pénétrer dans ce magnifique jardin. Comment faire ? »

En disant ces mots elle arriva tout à coup à une clairière, où se trouvait une maison d'environ quatre pieds de haut.

« Quels que soient les gens qui demeurent là, » pensa Alice, « il ne serait pas raisonnable de se présenter à eux grande comme je suis. Ils deviendraient fous de frayeur. »

Elle se mit de nouveau à grignoter le morceau qu'elle tenait dans sa main droite, et ne s'aventura pas près de la maison avant d'avoir réduit sa taille à neuf pouces.

Chapitre VI

Porc et Poivre.

Alice resta une ou deux minutes à regarder à la porte ; elle se demandait ce qu'il fallait faire, quand tout à coup un laquais en livrée sortit du bois en courant. (Elle le prit pour un laquais à cause de sa livrée ; sans cela, à n'en juger que par la figure, elle l'aurait pris pour un poisson.) Il frappa fortement avec son doigt à la porte. Elle fut ouverte par un autre laquais en livrée qui avait la face toute ronde et de gros yeux comme une grenouille.

Alice remarqua que les deux laquais avaient les cheveux poudrés et tout frisés. Elle se sentit piquée de curiosité, et, voulant savoir ce que tout cela signifiait, elle se glissa un peu en dehors du bois afin d'écouter.

Le Laquais-Poisson prit de dessous son bras une lettre énorme, presque aussi grande que lui, et la présenta au Laquais-Grenouille en disant d'un ton solennel :

— Pour Madame la Duchesse, une invitation de la Reine à une partie de croquet.

Le Laquais-Grenouille répéta sur le même ton solennel, en changeant un peu l'ordre des mots :

— De la part de la Reine une invitation pour Madame la Duchesse à une partie de croquet ; puis tous deux se firent un profond salut et les boucles de leurs chevelures s'entremêlèrent.

Cela fit tellement rire Alice qu'elle eut à rentrer bien vite dans le bois de peur d'être entendue. Et quand elle avança la tête pour regarder de nouveau, le Laquais-Poisson était parti, et l'autre était assis par terre près de la route, regardant niaisement en l'air.

Alice s'approcha timidement de la porte et frappa.

— Cela ne sert à rien du tout de frapper, dit le Laquais, et cela pour deux raisons : premièrement, parce que je suis du même côté de la porte que vous ; deuxièmement, parce qu'on fait là-dedans un tel bruit que personne ne peut vous entendre.

En effet, il se faisait dans l'intérieur un bruit extraordinaire, des hurlements et des éternuements continuels, et de temps à autre un grand fracas comme si on brisait de la vaisselle.

— Eh bien ! comment puis-je entrer, s'il vous plaît ? demanda Alice.

— Il y aurait quelque bon sens à frapper à cette porte, continua le Laquais sans l'écouter, si nous avions la porte entre nous deux. Par exemple, si vous étiez à *l'intérieur* vous pourriez frapper et je pourrais vous laisser sortir.

Il regardait en l'air tout le temps qu'il parlait, et Alice trouvait cela très impoli.

« Mais peut-être ne peut-il pas s'en empêcher, » se dit-elle ; « il a les yeux presque sur le sommet de la tête. Dans tous les cas il pourrait bien répondre à mes questions. »

— Comment faire pour entrer ? répéta-t-elle tout haut.

— Je vais rester assis ici, dit le Laquais, jusqu'à demain...

Au même instant la porte de la maison s'ouvrit, et une grande assiette vola tout droit dans la direction de la tête du Laquais ; elle lui effleura le nez, et alla se briser contre un arbre derrière lui.

— ou le jour suivant peut-être, continua le Laquais sur le même ton, tout comme si rien n'était arrivé.

— Comment faire pour entrer ? redemanda Alice en élevant la voix.

— Mais devriez-vous entrer ? dit le Laquais. C'est ce qu'il faut se demander, n'est-ce pas ?

Bien certainement, mais Alice trouva mauvais qu'on le lui dît.

« C'est vraiment terrible, » murmura-t-elle, « de voir la manière dont ces gens-là discutent, il y a de quoi rendre fou. »

Le Laquais trouva l'occasion bonne pour répéter son observation avec des variantes.

— Je resterai assis ici, dit-il, l'un dans l'autre, pendant des jours et des jours !

— Mais que faut-il que je fasse ? dit Alice.

— Tout ce que vous voudrez, dit le Laquais ; et il se mit à siffler.

— Oh ! ce n'est pas la peine de lui parler, dit Alice, désespérée ; c'est un parfait idiot.

Puis elle ouvrit la porte et entra.

La porte donnait sur une grande cuisine qui était pleine de fumée d'un bout à l'autre. La Duchesse était assise sur un tabouret à trois pieds, au milieu de la cuisine, et dorlotait un bébé.

La cuisinière, penchée sur le feu, brassait quelque chose dans un grand chaudron qui paraissait rempli de soupe.

« Bien sûr, il y a trop de poivre dans la soupe. » se dit Alice, tout empêchée par les éternuements.

Il y en avait certainement trop dans l'air. La Duchesse elle-même éternuait de temps en temps, et quant au bébé il éternuait et hurlait alternativement sans aucune interruption.

Les deux seules créatures qui n'éternuassent pas, étaient la cuisinière et un gros chat assis sur l'âtre et dont la bouche grimaçante était fendue d'une oreille à l'autre.

— Pourriez-vous m'apprendre, dit Alice un peu timidement, car elle ne savait pas s'il était bien convenable qu'elle parlât la première, pourquoi votre chat grimace ainsi ?

— C'est un Grimaçon, dit la Duchesse ; voilà pourquoi. Porc !

Elle prononça ce dernier mot si fort et si subitement qu'Alice en frémit. Mais elle comprit bientôt que cela s'adressait au bébé et non pas à elle ; elle reprit donc courage et continua :

— J'ignorais qu'il y eût des chats de cette espèce. Au fait j'ignorais qu'un chat pût grimacer.

— Ils le peuvent tous, dit la Duchesse ; et la plupart le font.

— Je n'en connais pas un qui grimace, dit Alice poliment, bien contente d'être entrée en conversation.

— Le fait est que vous ne savez pas grand chose, dit la Duchesse.

Le ton sur lequel fut faite cette observation ne plut pas du tout à Alice, et elle pensa qu'il serait bon de changer la conversation.

Tandis qu'elle cherchait un autre sujet, la cuisinière retira de dessus le feu le chaudron plein de soupe, et se mit aussitôt à jeter tout ce qui lui tomba sous la main à la Duchesse et au bébé: la pelle et les pincettes d'abord, à leur suite vint une pluie de casseroles, d'assiettes et de plats.

La Duchesse n'y faisait pas la moindre attention, même quand elle en était atteinte, et l'enfant hurlait déjà si fort auparavant qu'il était impossible de savoir si les coups lui faisaient mal ou non.

— Oh ! je vous en prie, prenez garde à ce que vous faites, criait Alice, sautant çà et là et en proie à la terreur.

— Oh ! son cher petit nez !

Une casserole d'une grandeur peu ordinaire venait de voler tout près du bébé, et avait failli lui emporter le nez.

— Si chacun s'occupait de ses affaires, dit la Duchesse avec un grognement rauque, le monde n'en irait que mieux.

— Ce qui ne serait guère avantageux, dit Alice, enchantée qu'il se présentât une occasion de montrer un peu de son savoir. Songez à ce que deviendraient le jour et la nuit ; vous voyez bien, la terre met vingt-quatre heures à faire sa révolution.

— Ah ! vous parlez de faire des révolutions ! dit la Duchesse. Qu'on lui coupe la tête !

Alice jeta un regard inquiet sur la cuisinière pour voir si elle allait obéir ; mais la cuisinière était tout occupée à brasser la soupe et paraissait ne pas écouter. Alice continua donc :

— Vingt-quatre heures, je crois, ou bien douze ? Je pense.

— Oh ! laissez-moi la paix, dit la Duchesse, je n'ai jamais pu souffrir les chiffres.

Et là-dessus elle recommença à dorloter son enfant, lui chantant une espèce de chanson pour l'endormir et lui donnant une forte secousse au bout de chaque vers.

Grondez-moi ce vilain garçon !
Battez-le quand il éternue ;
À vous taquiner, sans façon
Le méchant enfant s'évertue.

Refrain
(que reprirent en chœur la cuisinière et le bébé).
Brou, Brou, Brou ! (bis.)

En chantant le second couplet de la chanson la Duchesse faisait sauter le bébé et le secouait violemment, si bien que le pauvre petit être hurlait au point qu'Alice put à peine entendre ces mots :

Oui, oui, je m'en vais le gronder,
Et le battre, s'il éternue ;
Car bientôt à savoir poivrer,
Je veux que l'enfant s'habitue.

Refrain.
Brou, Brou, Brou ! (bis.)

— Tenez, vous pouvez le dorloter si vous voulez ! dit la Duchesse à Alice : et à ces mots elle lui jeta le bébé.

— Il faut que j'aille m'apprêter pour aller jouer au croquet avec la Reine.

Et elle se précipita hors de la chambre.

La cuisinière lui lança une poêle comme elle s'en allait, mais elle la manqua tout juste.

Alice eut de la peine à attraper le bébé. C'était un petit être d'une forme étrange qui tenait ses bras et ses jambes étendus dans toutes les directions ; « Tout comme une étoile de mer. » pensait Alice.

La pauvre petite créature ronflait comme une machine à vapeur lorsqu'elle l'attrapa, et ne cessait de se plier en deux, puis de s'étendre tout droit, de sorte qu'avec tout cela, pendant les premiers instants, c'est tout ce qu'elle pouvait faire que de le tenir.

Sitôt qu'elle eut trouvé le bon moyen de le bercer, (qui était d'en faire une espèce de nœud, et puis de le tenir fermement par l'oreille droite et le pied gauche afin de l'empêcher de se dénouer,) elle le porta dehors en plein air.

« Si je n'emporte pas cet enfant avec moi, » pensa Alice, « ils le tueront bien sûr un de ces jours. Ne serait-ce pas un meurtre de l'abandonner ? »

Elle dit ces derniers mots à haute voix, et la petite créature répondit en grognant (elle avait cessé d'éternuer alors).

— Ne grogne pas ainsi, dit Alice ; ce n'est pas là du tout une bonne manière de s'exprimer.

Le bébé grogna de nouveau. Alice le regarda au visage avec inquiétude pour voir ce qu'il avait. Sans contredit son nez était très-retroussé, et ressemblait bien plutôt à un groin qu'à un vrai nez. Ses yeux aussi devenaient très-petits pour un bébé. Enfin Alice ne trouva pas du tout de son goût l'aspect de ce petit être.

« Mais peut-être sanglotait-il tout simplement. » pensa-t-elle, et elle regarda de nouveau les yeux du bébé pour voir s'il n'y avait pas de larmes.

— Si tu vas te changer en porc, dit Alice très-sérieusement, je ne veux plus rien avoir à faire avec toi. Fais-y bien attention !

La pauvre petite créature sanglota de nouveau, ou grogna (il était impossible de savoir lequel des deux), et ils continuèrent leur chemin un instant en silence.

Alice commençait à dire en elle-même, « Mais, que faire de cette créature quand je l'aurai portée à la maison ? » lorsqu'il grogna de nouveau si fort qu'elle regarda sa figure avec quelque inquiétude.

Cette fois il n'y avait pas à s'y tromper, c'était un porc, ni plus ni moins, et elle comprit qu'il serait ridicule de le porter plus loin.

Elle déposa donc par terre le petit animal, et se sentit toute soulagée de le voir trotter tranquillement vers le bois.

« S'il avait grandi, » se dit-elle, « il serait devenu un bien vilain enfant ; tandis qu'il fait un assez joli petit porc, il me semble. »

Alors elle se mit à penser à d'autres enfants qu'elle connaissait et qui feraient d'assez jolis porcs, si seulement on savait la manière de s'y prendre pour les métamorphoser.

Elle était en train de faire ces réflexions, lorsqu'elle tressaillit en voyant tout à coup le Chat assis à quelques pas de là sur la branche d'un arbre.

Le Chat grimaça en apercevant Alice. Elle trouva qu'il avait l'air bon enfant, et cependant il avait de très-longues griffes et une grande rangée de dents ; aussi comprit-elle qu'il fallait le traiter avec respect.

— Grimaçon ! commença-t-elle un peu timidement, ne sachant pas du tout si cette familiarité lui serait agréable ; toutefois il ne fit qu'allonger sa grimace.

« Allons, il est content jusqu'à présent » pensa Alice, et elle continua :

— Dites-moi, je vous prie, de quel côté faut-il me diriger ?

— Cela dépend beaucoup de l'endroit où vous voulez aller, dit le Chat.

— Cela m'est assez indifférent, dit Alice.

— Alors peu importe de quel côté vous irez, dit le Chat.

— Pourvu que j'arrive *quelque part*, ajouta Alice en explication.

— Cela ne peut manquer, pourvu que vous marchiez assez longtemps.

Alice comprit que cela était incontestable ; elle essaya donc d'une autre question :

— Quels sont les gens qui demeurent par ici ?

— De ce côté-ci, dit le Chat, décrivant un cercle avec sa patte droite, demeure un chapelier ; de ce côté-là, faisant de même avec sa patte gauche, demeure un lièvre de Mars. Allez voir celui que vous voudrez, tous deux sont fous.

— Mais je ne veux pas fréquenter des fous, fit observer Alice.

— Vous ne pouvez pas vous en défendre, tout le monde est fou ici. Je suis fou, vous êtes folle.

— Comment savez-vous que je suis folle ? dit Alice.

— Vous devez l'être, dit le Chat, sans cela ne seriez pas venue ici.

Alice pensa que cela ne prouvait rien. Toutefois elle continua :

— Et comment savez-vous que vous êtes fou ?

— D'abord, dit le Chat, un chien n'est pas fou ; vous convenez de cela.

— Je le suppose, dit Alice.

— Eh bien ! continua le Chat, un chien grogne quand il se fâche, et remue la queue lorsqu'il est content. Or, moi, je grogne quand je suis content, et je remue la queue quand je me fâche. Donc je suis fou.

— J'appelle cela faire le rouet, et non pas grogner, dit Alice.

— Appelez cela comme vous voudrez, dit le Chat. Jouez-vous au croquet avec la Reine aujourd'hui ?

— Cela me ferait grand plaisir, dit Alice, mais je n'ai pas été invitée.

— Vous m'y verrez, dit le Chat ; et il disparut.

Alice ne fut pas très-étonnée, tant elle commençait à s'habituer aux événements extraordinaires. Tandis qu'elle regardait encore l'endroit que le Chat venait de quitter, il reparut tout à coup.

— À propos, qu'est devenu le bébé ? J'allais oublier de le demander.

— Il a été changé en porc, dit tranquillement Alice, comme si le Chat était revenu d'une manière naturelle.

— Je m'en doutais, dit le Chat ; et il disparut de nouveau.

Alice attendit quelques instants, espérant presque le revoir, mais il ne reparut pas ; et une ou deux minutes après, elle continua son chemin dans la direction où on lui avait dit que demeurait le Lièvre de Mars.

« J'ai déjà vu des chapeliers, » se dit-elle ; « le Lièvre de Mars sera de beaucoup le plus intéressant. Et peut-être qu'en ce mois de mai il ne sera pas fou à lier - pas aussi fou qu'en mars, tout du moins. »

À ces mots elle leva les yeux, et voilà que le Chat était encore là assis sur une branche d'arbre.

— M'avez-vous dit porc, ou porte ? demanda le Chat.

— J'ai dit porc, répéta Alice. Ne vous amusez donc pas à paraître et à disparaître si subitement, vous faites tourner la tête aux gens.

— C'est bon, dit le Chat, et cette fois il s'évanouit tout doucement à commencer par le bout de la queue, et finissant par sa grimace qui demeura quelque temps après que le reste fut disparu.

— Certes, pensa Alice, j'ai souvent vu un chat sans grimace, mais une grimace sans chat, je n'ai jamais de ma vie rien vu de si drôle.

Elle ne fit pas beaucoup de chemin avant d'arriver devant la maison du Lièvre de Mars. Elle pensa que ce devait bien être là la maison, car les cheminées étaient en forme d'oreilles et le toit était couvert de fourrure.

La maison était si grande qu'elle n'osa s'approcher avant d'avoir grignoté encore un peu du morceau de champignon qu'elle avait dans la main gauche, et d'avoir atteint la taille de deux pieds environ ; et même alors elle avança timidement en se disant :

« Si après tout il était fou furieux ! Je voudrais presque avoir été faire visite au Chapelier plutôt que d'être venue ici. »

65

Chapitre VII

Un thé de fous.

Il y avait une table servie sous un arbre devant la maison, et le Lièvre de Mars y prenait le thé avec le Chapelier. Un Loir profondément endormi était assis entre les deux autres qui s'en servaient comme d'un coussin, le coude appuyé sur lui et causant par-dessus sa tête.

« Bien gênant pour le Loir, » pensa Alice. « mais comme il est endormi je suppose que cela lui est égal. »

Bien que la table fût très grande, ils étaient tous trois serrés l'un contre l'autre à un des coins.

— Il n'y a pas de place ! Il n'y a pas de place ! crièrent-ils en voyant Alice.

— Il y a abondance de place, dit Alice indignée, et elle s'assit dans un large fauteuil à l'un des bouts de la table.

— Prenez donc du vin, dit le Lièvre de Mars d'un ton engageant.

Alice regarda tout autour de la table, mais il n'y avait que du thé.

— Je ne vois pas de vin, fit-elle observer.

— Il n'y en a pas, dit le Lièvre de Mars.

— En ce cas il n'était pas très poli de votre part de m'en offrir, dit Alice d'un ton fâché.

— Il n'était pas non plus très poli de votre part de vous mettre à table avant d'y être invitée, dit le Lièvre de Mars.

— J'ignorais que ce fût votre table, dit Alice. Il y a des couverts pour bien plus de trois convives.

— Vos cheveux ont besoin d'être coupés, dit le Chapelier.

Il avait considéré Alice pendant quelque temps avec beaucoup de curiosité, et ce fut la première parole qu'il lui adressa.

— Vous devriez apprendre à ne pas faire de remarques sur les gens ; c'est très grossier, dit Alice d'un ton sévère.

À ces mots le Chapelier ouvrit de grands yeux ; mais il se contenta de dire :

— Pourquoi une pie ressemble-t-elle à un pupitre ?

« Bon ! nous allons nous amuser. » pensa Alice.

— Je suis bien aise qu'ils se mettent à demander des énigmes. Je crois pouvoir deviner cela, ajouta-t-elle tout haut.

— Voulez-vous dire que vous croyez pouvoir trouver la réponse ? dit le Lièvre de Mars.

— Précisément, répondit Alice.

— Alors vous devriez dire ce que vous voulez dire, continua le Lièvre de Mars.

— C'est ce que je fais, répliqua vivement Alice. Du moins je veux dire ce que je dis ; c'est la même chose, n'est-ce pas ?

— Ce n'est pas du tout la même chose, dit le Chapelier. Vous pourriez alors dire tout aussi bien que : « Je vois ce que je mange » est la même chose que : « Je mange ce que je vois ».

— Vous pourriez alors dire tout aussi bien, ajouta le Lièvre de Mars, que : « J'aime ce qu'on me donne » est la même chose que : « On me donne ce que j'aime ».

— Vous pourriez dire tout aussi bien, ajouta le Loir, qui paraissait parler tout endormi, que : « Je respire quand je dors » est la même chose que : « Je dors quand je respire ».

— C'est en effet tout un pour vous, dit le Chapelier.

Sur ce, la conversation tomba et il se fit un silence de quelques minutes. Pendant ce temps, Alice repassa dans son esprit tout ce qu'elle savait au sujet des pies et des pupitres ; ce qui n'était pas grand chose.

Le Chapelier rompit le silence le premier.

— Quel quantième du mois sommes-nous ? dit-il en se tournant vers Alice.

Il avait tiré sa montre de sa poche et la regardait d'un air inquiet, la secouant de temps à autre et l'approchant de son oreille.

Alice réfléchit un instant et répondit :

— Le quatre.

— Elle est de deux jours en retard, dit le Chapelier avec un soupir. Je vous disais bien que le beurre ne vaudrait rien au mouvement ! ajouta-t-il en regardant le Lièvre de Mars avec colère.

— C'était tout ce qu'il y avait de plus fin en beurre, dit le Lièvre de Mars humblement.

— Oui, mais il faut qu'il y soit entré des miettes de pain, grommela le Chapelier. Vous n'auriez pas dû vous servir du couteau au pain pour mettre le beurre.

Le Lièvre de Mars prit la montre, et la contempla tristement, puis la trempa dans sa tasse, la contempla de nouveau, et pourtant ne trouva rien de mieux à faire que de répéter sa première observation :

— C'était tout ce qu'il y avait de plus fin en beurre.

Alice avait regardé par-dessus son épaule avec curiosité :

— Quelle singulière montre ! dit-elle. Elle marque le quantième du mois, et ne marque pas l'heure qu'il est !

— Et pourquoi marquerait-elle l'heure ? murmura le Chapelier. Votre montre marque-t-elle dans quelle année vous êtes ?

— Non, assurément ! répliqua Alice sans hésiter. Mais c'est parce qu'elle reste à la même année pendant si longtemps.

— Tout comme la mienne, dit le Chapelier.

Alice se trouva fort embarrassée. L'observation du Chapelier lui paraissait n'avoir aucun sens ; et cependant la phrase était parfaitement correcte.

— Je ne vous comprends pas bien, dit-elle, aussi poliment que possible.

— Le Loir est rendormi, dit le Chapelier ; et il lui versa un peu de thé chaud sur le nez.

Le Loir secoua la tête avec impatience, et dit, sans ouvrir les yeux :

— Sans doute, sans doute, c'est justement ce que j'allais dire.

— Avez-vous deviné l'énigme ? dit le Chapelier, se tournant de nouveau vers Alice.

— Non, j'y renonce, répondit Alice ; quelle est la réponse ?

— Je n'en ai pas la moindre idée, dit le Chapelier.

— Ni moi non plus, dit le Lièvre de Mars.

Alice soupira d'ennui.

— Il me semble que vous pourriez mieux employer le temps, dit-elle, et ne pas le gaspiller à proposer des énigmes qui n'ont point de réponses.

— Si vous connaissiez le Temps aussi bien que moi, dit le Chapelier, vous ne parleriez pas de le gaspiller. On ne gaspille pas quelqu'un.

— Je ne vous comprends pas, dit Alice.

— Je le crois bien, répondit le Chapelier, en secouant la tête avec mépris ; je parie que vous n'avez jamais parlé au Temps.

— Cela se peut bien, répliqua prudemment Alice, mais je l'ai souvent mal employé.

— Ah ! voilà donc pourquoi ! Il n'aime pas cela, dit le Chapelier. Mais si seulement vous saviez le ménager, il ferait de la pendule tout ce que vous voudriez. Par exemple, supposons qu'il soit neuf heures du matin, l'heure de vos leçons, vous n'auriez qu'à dire tout bas un petit mot au Temps, et l'aiguille partirait en un clin d'œil pour marquer une heure et demie, l'heure du dîner.

(« Je le voudrais bien. » dit tout bas le Lièvre de Mars.)

— Cela serait très-agréable, certainement, dit Alice d'un air pensif ; mais alors, je n'aurais pas encore faim, comprenez donc.

— Peut-être pas d'abord, dit le Chapelier ; mais vous pourriez retenir l'aiguille à une heure et demie aussi longtemps que vous voudriez.

— Est-ce comme cela que vous faites, vous ? demanda Alice.

Le Chapelier secoua tristement la tête.

— Hélas ! non, répondit-il, nous nous sommes querellés au mois de mars dernier, un peu avant qu'il devînt fou. (Il montrait le Lièvre de Mars du bout de sa cuillère.)

— C'était à un grand concert donné par la Reine de Cœur, et j'eus à chanter :

Ah ! vous dirai-je, ma sœur,
Ce qui calme ma douleur !

69

— Vous connaissez peut-être cette chanson ?

— J'ai entendu chanter quelque chose comme ça, dit Alice.

— Vous savez la suite, dit le Chapelier ; et il continua :

C'est que j'avais des dragées,
Et que je les ai mangées.

Ici le Loir se secoua et se mit à chanter, tout en dormant : « Et que je les ai mangées, mangées, mangées, mangées, mangées » si longtemps, qu'il fallût le pincer pour le faire taire.

— Eh bien, j'avais à peine fini le premier couplet, dit le Chapelier, que la Reine hurla : « Ah ! c'est comme ça que vous tuez le temps ! Qu'on lui coupe la tête ! »

— Quelle cruauté ! s'écria Alice.

— Et, depuis lors, continua le Chapelier avec tristesse, le Temps ne veut rien faire de ce que je lui demande. Il est toujours six heures maintenant.

Une brillante idée traversa l'esprit d'Alice.

— Est-ce pour cela qu'il y a tant de tasses à thé ici ? demanda-t-elle.

— Oui, c'est cela, dit le Chapelier avec un soupir ; il est toujours l'heure du thé, et nous n'avons pas le temps de laver la vaisselle dans l'intervalle.

— Alors vous faites tout le tour de la table, je suppose ? dit Alice.

— Justement, dit le Chapelier, à mesure que les tasses ont servi.

— Mais, qu'arrive-t-il lorsque vous vous retrouvez au commencement ? se hasarda de dire Alice.

— Si nous changions de conversation, interrompit le Lièvre de Mars en bâillant ; celle-ci commence à me fatiguer. Je propose que la petite demoiselle nous conte une histoire.

— J'ai bien peur de n'en pas savoir, dit Alice, que cette proposition alarmait un peu.

— Eh bien, le Loir va nous en dire une, crièrent-ils tous deux. Allons, Loir, réveillez-vous !, et ils le pincèrent des deux côtés à la fois.

Le Loir ouvrit lentement les yeux.

— Je ne dormais pas, dit-il d'une voix faible et enrouée. Je n'ai pas perdu un mot de ce que vous avez dit, vous autres.

— Racontez-nous une histoire, dit le Lièvre de Mars.

— Ah ! Oui, je vous en prie, dit Alice d'un ton suppliant.

— Et faites vite, ajouta le Chapelier, sans cela vous allez vous rendormir avant de vous mettre en train.

— Il y avait une fois trois petites sœurs, commença bien vite le Loir, qui s'appelaient Elsie, Lacie, et Tillie, et elles vivaient au fond d'un puits.

— De quoi vivaient-elles ? dit Alice, qui s'intéressait toujours aux questions de boire ou de manger.

— Elles vivaient de mélasse, dit le Loir, après avoir réfléchi un instant.

— Ce n'est pas possible, comprenez donc, fit doucement observer Alice ; cela les aurait rendues malades.

— Et en effet, dit le Loir, elles étaient très malades.

Alice chercha à se figurer un peu l'effet que produirait sur elle une manière de vivre si extraordinaire, mais cela lui parut trop embarrassant, et elle continua :

— Mais pourquoi vivaient-elles au fond d'un puits ?

— Prenez un peu plus de thé, dit le Lièvre de Mars à Alice avec empressement.

— Je n'en ai pas pris du tout, répondit Alice d'un air offensé. Je ne peux donc pas en prendre un peu *plus*.

— Vous voulez dire que vous ne pouvez pas en prendre *moins*, dit le Chapelier. Il est très aisé de prendre un peu *plus* que pas du tout.

— On ne vous a pas demandé votre avis, à vous, dit Alice.

— Ah ! qui est-ce qui se permet de faire des observations ? demanda le Chapelier d'un air triomphant.

Alice ne savait pas trop que répondre à cela. Aussi se servit-elle un peu de thé et une tartine de pain et de beurre ; puis elle se tourna du côté du Loir, et répéta sa question.

— Pourquoi vivaient-elles au fond d'un puits ?

Le Loir réfléchit de nouveau pendant quelques instants et dit :

— C'était un puits de mélasse.

— Il n'en existe pas ! se mit à dire Alice d'un ton courroucé.

Mais le Chapelier et le Lièvre de Mars firent « Chut ! Chut ! » et le Loir fit observer d'un ton bourru :

— Tâchez d'être polie, ou finissez l'histoire vous-même.

— Non, continuez, je vous prie, dit Alice très humblement. Je ne vous interromprai plus ; peut-être en existe-t-il *un*.

— Un, vraiment ! dit le Loir avec indignation ; toutefois il voulut bien continuer. Donc, ces trois petites sœurs, vous saurez qu'elles faisaient tout ce qu'elles pouvaient pour s'en tirer.

— Comment auraient-elles pu s'en tirer ? dit Alice, oubliant tout à fait sa promesse.

— C'est tout simple.

— Il me faut une tasse propre, interrompit le Chapelier. Avançons tous d'une place.

Il avançait tout en parlant, et le Loir le suivit. Le Lièvre de Mars prit la place du Loir, et Alice prit, d'assez mauvaise grâce, celle du Lièvre de Mars. Le Chapelier fut le seul qui gagnât au change. Alice se trouva bien plus mal partagée qu'auparavant, car le Lièvre de Mars venait de renverser le lait dans son assiette. Alice, craignant d'offenser le Loir, reprit avec circonspection :

— Mais je ne comprends pas ; comment auraient-elles pu s'en tirer ?

— C'est tout simple, dit le Chapelier. Quand il y a de l'eau dans un puits, vous savez bien comment on en tire, n'est-ce pas ? Eh bien ! d'un puits de mélasse on tire de la mélasse, et quand il y a des petites filles dans la mélasse on les tire en même temps ; comprenez-vous, petite sotte ?

— Pas tout à fait, dit Alice, encore plus embarrassée par cette réponse.

— Alors vous feriez bien de vous taire, dit le Chapelier.

Alice trouva cette grossièreté un peu trop forte ; elle se leva indignée et s'en alla.

Le Loir s'endormit à l'instant même, et les deux autres ne prirent pas garde à son départ, bien qu'elle regardât en arrière deux ou trois fois, espérant presque qu'ils la rappelleraient. La dernière fois qu'elle les vit, ils cherchaient à mettre le Loir dans la théière.

— À aucun prix je ne voudrais retourner auprès de ces gens-là, dit Alice, en cherchant son chemin à travers le bois. C'est le thé le plus ridicule auquel j'aie assisté de ma vie !

Comme elle disait cela, elle s'aperçut qu'un des arbres avait une porte par laquelle on pouvait pénétrer à l'intérieur.

« Voilà qui est curieux. » pensa-t-elle. « Mais tout est curieux aujourd'hui. Je crois que je ferai bien d'entrer tout de suite. »

Elle entra. Elle se retrouva encore dans la longue salle tout près de la petite table de verre.

« Cette fois je m'y prendrai mieux. » se dit-elle, et elle commença par saisir la petite clef d'or et par ouvrir la porte qui menait au jardin, et puis elle se mit à grignoter le morceau de champignon qu'elle avait mis dans sa poche, jusqu'à ce qu'elle fût réduite à environ deux pieds de haut.

Elle prit alors le petit passage ; et enfin elle se trouva dans le superbe jardin au milieu des brillants parterres et des fraîches fontaines.

Chapitre VIII

Le croquet et de la Reine.

Un grand rosier se trouvait à l'entrée du jardin ; les roses qu'il portait étaient blanches, mais trois jardiniers étaient en train de les peindre en rouge. Alice s'avança pour les regarder, et, au moment où elle approchait, elle en entendit un qui disait :

— Fais donc attention, Cinq, et ne m'éclabousse pas ainsi avec ta peinture.

— Ce n'est pas de ma faute, dit Cinq d'un ton bourru, c'est Sept qui m'a poussé le coude.

Là-dessus Sept leva les yeux et dit :

— C'est cela, Cinq ! Jetez toujours le blâme sur les autres !

— Vous feriez bien de vous taire, vous, dit Cinq. J'ai entendu la Reine dire pas plus tard que hier que vous méritiez d'être décapité !

— Pourquoi donc cela ? dit celui qui avait parlé le premier.

— Cela ne vous regarde pas, Deux, dit Sept.

— Si fait, cela le regarde, dit Cinq ; et je vais le lui dire. C'est pour avoir apporté à la cuisinière des oignons de tulipe au lieu d'oignons à manger.

Sept jeta là son pinceau et s'écriait : « De toutes les injustices ... » lorsque ses regards tombèrent par hasard sur Alice, qui restait là à les regarder, et il se retint tout à coup. Les autres se retournèrent aussi, et tous firent un profond salut.

— Voudriez-vous avoir la bonté de me dire pourquoi vous peignez ces roses ? demanda Alice un peu timidement.

Cinq et Sept ne dirent rien, mais regardèrent Deux. Deux commença à voix basse :

— Le fait est, voyez-vous, mademoiselle, qu'il devrait y avoir ici un rosier à fleurs rouges, et nous en avons mis un à fleurs blanches, par erreur. Si la Reine s'en apercevait nous aurions tous la tête tranchée, vous comprenez. Aussi, mademoiselle, vous voyez que nous faisons de notre mieux avant qu'elle vienne pour...

À ce moment Cinq, qui avait regardé tout le temps avec inquiétude de l'autre côté du jardin, s'écria : "La Reine ! La Reine !" et les trois ouvriers se précipitèrent aussitôt la face contre terre. Il se faisait un grand bruit de pas, et Alice se retourna, désireuse de voir la Reine.

D'abord venaient des soldats portant des piques ; ils étaient tous faits comme les jardiniers, longs et plats, les mains et les pieds aux coins ; ensuite venaient les dix courtisans. Ceux-ci étaient tous parés de carreaux de diamant et marchaient deux à deux comme les soldats. Derrière eux venaient les enfants de la Reine ; il y en avait dix, et les petits chérubins gambadaient joyeusement, se tenant par la main deux à deux ; ils étaient tous ornés de cœurs. Après eux venaient les invités, des rois et des reines pour la plupart. Dans le nombre, Alice reconnut le Lapin Blanc. Il avait l'air ému et agité en parlant, souriait à tout ce qu'on disait, et passa sans faire attention à elle. Suivait le Valet de Cœur, portant la couronne sur un coussin de velours ; et, fermant cette longue procession, LE ROI ET LA REINE DE CŒUR.

Alice ne savait pas au juste si elle devait se prosterner comme les trois jardiniers ; mais elle ne se rappelait pas avoir jamais entendu parler d'une pareille formalité.

« Et d'ailleurs à quoi serviraient les processions, » pensa-t-elle, « si les gens avaient à se mettre la face contre terre de façon à ne pas les voir ? »

Elle resta donc debout à sa place et attendit.

Quand la procession fut arrivée en face d'Alice, tout le monde s'arrêta pour la regarder, et la Reine dit sévèrement :

— Qui est-ce ?

Elle s'adressait au Valet de Cœur, qui se contenta de saluer et de sourire pour toute réponse.

— Idiot ! dit la Reine en rejetant la tête en arrière avec impatience ; et, se tournant vers Alice, elle continua :

— Votre nom, petite ?

— Je me nomme Alice, s'il plaît à Votre Majesté, dit Alice fort poliment. Mais elle ajouta en elle-même : « Ces gens-là ne sont, après tout, qu'un paquet de cartes. Pourquoi en aurais-je peur ? »

— Et qui sont ceux-ci ? dit la Reine, montrant du doigt les trois jardiniers étendus autour du rosier.

Car vous comprenez que, comme ils avaient la face contre terre et que le dessin qu'ils avaient sur le dos était le même que celui des autres cartes du paquet, elle ne pouvait savoir s'ils étaient des jardiniers, des soldats, des courtisans, ou bien trois de ses propres enfants.

— Comment voulez-vous que je le sache ? dit Alice avec un courage qui la surprit elle-même. Cela n'est pas mon affaire à moi.

La Reine devint pourpre de colère ; et après l'avoir considérée un moment avec des yeux flamboyants comme ceux d'une bête fauve, elle se mit à crier :

— Qu'on lui coupe la tête !

— Quelle idée ! dit Alice très-haut et d'un ton décidé.

La Reine se tut.

Le Roi lui posa la main sur le bras, et lui dit timidement :

— Considérez donc, ma chère amie, que ce n'est qu'une enfant.

La Reine lui tourna le dos avec colère, et dit au Valet :

— Retournez-les !

Ce que fit le Valet très soigneusement du bout du pied.

— Debout ! dit la Reine d'une voix forte et stridente.

Les trois jardiniers se relevèrent à l'instant et se mirent à saluer le Roi, la Reine, les jeunes princes, et tout le monde.

— Finissez ! cria la Reine. Vous m'étourdissez.

Alors, se tournant vers le rosier, elle continua :

— Qu'est-ce que vous faites donc là ?

— Avec le bon plaisir de Votre Majesté, dit Deux d'un ton très humble, mettant un genou en terre, nous tâchions...

— Je le vois bien ! dit la Reine, qui avait pendant ce temps examiné les roses. Qu'on leur coupe la tête !

Et la procession continua sa route, trois des soldats restant en arrière pour exécuter les malheureux jardiniers, qui coururent se mettre sous la protection d'Alice.

— Vous ne serez pas décapités, dit Alice ; et elle les mit dans un grand pot à fleurs qui se trouvait près de là.

Les trois soldats errèrent de côté et d'autre, pendant une ou deux minutes, pour les chercher, puis s'en allèrent tranquillement rejoindre les autres.

— Leur a-t-on coupé la tête ? cria la Reine.

— Leurs têtes n'y sont plus, s'il plaît à Votre Majesté ! lui crièrent les soldats.

— C'est bien ! cria la Reine. Savez-vous jouer au croquet ?

Les soldats ne soufflèrent mot, et regardèrent Alice, car, évidemment, c'était à elle que s'adressait la question.

— Oui, cria Alice.

— Eh bien, venez ! hurla la Reine ; et Alice se joignit à la procession, fort curieuse de savoir ce qui allait arriver.

— Il fait un bien beau temps aujourd'hui, dit une voix timide à côté d'elle. Elle marchait auprès du Lapin Blanc, qui la regardait d'un œil inquiet.

— Bien beau, dit Alice. Où est la Duchesse ?

— Chut ! Chut ! dit vivement le Lapin à voix basse et en regardant avec inquiétude par-dessus son épaule.

Puis il se leva sur la pointe des pieds, colla sa bouche à l'oreille d'Alice et lui souffla :

— Elle est condamnée à mort

— Pour quelle raison ? dit Alice.

— Avez-vous dit : « quel dommage ? » demanda le Lapin.

— Non, dit Alice. Je ne pense pas du tout que ce soit dommage. J'ai dit : « pour quelle raison ? »

— Elle a donné des soufflets à la Reine, commença le Lapin. (Alice fit entendre un petit éclat de rire.)

— Oh, chut ! dit tout bas le Lapin d'un ton effrayé. La Reine va nous entendre ! Elle est arrivée un peu tard, voyez-vous, et la Reine a dit ...

— À vos places ! cria la Reine d'une voix de tonnerre, et les gens se mirent à courir dans toutes les directions, trébuchant les uns contre les autres ; toutefois, au bout de quelques instants chacun fut à sa place et la partie commença.

Alice n'avait de sa vie vu de jeu de croquet aussi curieux que celui-là.

Le terrain n'était que remblais et sillons ; des hérissons vivants servaient de boules, et des flamants de maillets. Les soldats, courbés en deux, avaient à se tenir la tête et les pieds sur le sol pour former des arches.

Ce qui embarrassa le plus Alice au commencement du jeu, ce fut de manier le flamant. Elle parvenait bien à fourrer son corps assez commodément sous son bras, en laissant pendre les pieds ; mais, le plus souvent, à peine lui avait-elle allongé le cou bien comme il faut, et allait-elle frapper le hérisson avec la tête, que le flamant se relevait en se tordant, et la regardait d'un air si ébahi qu'elle ne pouvait s'empêcher d'éclater de rire. Et puis, quand elle lui avait fait baisser la tête et allait recommencer, il était bien embarrassant de voir que le hérisson s'était déroulé et s'en allait. En outre, il se trouvait ordinairement un remblais ou un sillon dans son chemin partout où elle voulait envoyer le hérisson, et comme les soldats courbés en deux se relevaient sans cesse pour s'en aller d'un autre côté du terrain, Alice en vint bientôt à cette conclusion : que c'était là un jeu fort difficile, en vérité.

Les joueurs jouaient tous à la fois, sans attendre leur tour, se querellant tout le temps et se battant à qui aurait les hérissons. La Reine entra bientôt dans une colère furieuse et se mit à trépigner en criant : « Qu'on coupe la tête à celui-ci ! » ou bien : « Qu'on coupe la tête à celle-là ! » une fois par minute environ.

Alice commença à se sentir très mal à l'aise. Il est vrai qu'elle ne s'était pas disputée avec la Reine ; mais elle savait que cela pouvait lui arriver à tout moment.

« Et alors, » pensait-elle, « que deviendrai-je ? Ils aiment terriblement couper la tête aux gens ici. Ce qui m'étonne, c'est qu'il en reste encore de vivants. »

Elle cherchait autour d'elle quelque moyen de s'échapper, et se demandait si elle pourrait se retirer sans être vue ; lorsqu'elle aperçut en l'air quelque chose d'étrange. Cette apparition l'intrigua beaucoup d'abord, mais, après l'avoir considérée quelques instants, elle découvrit que c'était une grimace, et se dit en elle-même, « C'est le Grimaçon ; maintenant j'aurai à qui parler. »

— Comment cela va-t-il ? dit le Chat, quand il y eut assez de sa bouche pour qu'il pût parler.

Alice attendit que les yeux parussent, et lui fit alors un signe de tête amical.

« Il est inutile de lui parler, » pensait-elle, « avant que ses oreilles soient venues, l'une d'elle tout au moins. »

Une minute après, la tête se montra tout entière, et alors Alice posa à terre son flamant et se mit à raconter sa partie de croquet, enchantée d'avoir quelqu'un qui l'écoutât. Le Chat trouva apparemment qu'il s'était assez mis en vue ; car sa tête fut tout ce qu'on en aperçut.

— Ils ne jouent pas du tout franc jeu, commença Alice d'un ton de mécontentement, et ils se querellent tous si fort, qu'on ne peut pas s'entendre parler. Et puis on dirait qu'ils n'ont aucune règle précise ; du moins, s'il y a des règles, personne ne les suit. Ensuite vous n'avez pas idée comme cela embrouille que tous les instruments du jeu soient vivants. Par exemple, voilà l'arche par laquelle j'ai à passer qui se promène là-bas à l'autre bout du jeu, et j'aurais fait croquet sur le hérisson de la Reine tout à l'heure, s'il ne s'était pas sauvé en voyant venir le mien !

— Est-ce que vous aimez la Reine ? dit le Chat à voix basse.

— Pas du tout, dit Alice. Elle est si ...

Au même instant elle aperçut la Reine tout près derrière elle, qui écoutait ; alors elle continua :

— si sûre de gagner, que ce n'est guère la peine de finir la partie.

La Reine sourit et passa.

— Avec qui causez-vous donc là, dit le Roi, s'approchant d'Alice et regardant avec une extrême curiosité la tête du Chat.

— C'est un de mes amis, un Grimaçon, dit Alice : permettez-moi de vous le présenter.

— Sa mine ne me plaît pas du tout, dit le Roi. Pourtant il peut me baiser la main, si cela lui fait plaisir.

— Non, grand merci, dit le Chat.

— Ne faites pas l'impertinent, dit le Roi, et ne me regardez pas ainsi !

Il s'était mis derrière Alice en disant ces mots.

— Un chat peut bien regarder un roi, dit Alice. J'ai lu quelque chose comme cela dans un livre, mais je ne me rappelle pas où.

— Eh bien, il faut le faire enlever, dit le Roi d'un ton très décidé ; et il cria à la Reine, qui passait en ce moment :

— Mon amie, je désirerais que vous fissiez enlever ce chat !

La Reine n'avait qu'une seule manière de trancher les difficultés, petites ou grandes.

— Qu'on lui coupe la tête ! dit-elle sans même se retourner.

— Je vais moi-même chercher le bourreau, dit le Roi avec empressement ; et il s'en alla précipitamment.

Alice pensa qu'elle ferait bien de retourner voir où en était la partie, car elle entendait au loin la voix de la Reine qui criait de colère. Elle l'avait déjà entendue condamner trois des joueurs à avoir la tête coupée, parce qu'ils avaient laissé passer leur tour, et elle n'aimait pas du tout la tournure que prenaient les choses ; car le jeu était si embrouillé qu'elle ne savait jamais quand venait son tour.

Elle alla à la recherche de son hérisson.

Il était en train de se battre avec un autre hérisson ; ce qui parut à Alice une excellente occasion de faire croquet de l'un sur l'autre. Il n'y avait à cela qu'une difficulté, et c'était que son flamant avait passé de l'autre côté du jardin, où Alice le voyait qui faisait de vains efforts pour s'enlever et se percher sur un arbre.

Quand elle eut rattrapé et ramené le flamant, la bataille était terminée, et les deux hérissons avaient disparu.

« Mais cela ne fait pas grand chose, » pensa Alice, « puisque toutes les arches ont quitté ce côté de la pelouse. »

Elle remit donc le flamant sous son bras pour qu'il ne lui échappât plus, et retourna causer un peu avec son ami.

Quand elle revint auprès du Chat, elle fut surprise de trouver une grande foule rassemblée autour de lui. Une discussion avait lieu entre le bourreau, le Roi, et la Reine, qui parlaient tous à la fois, tandis que les autres ne soufflaient mot et semblaient très mal à l'aise.

Dès que parut Alice, ils en appelèrent à elle tous les trois pour qu'elle décidât la question, et lui répétèrent leurs raisonnements.

Comme ils parlaient tous à la fois, elle eut beaucoup de peine à comprendre ce qu'ils disaient.

Le raisonnement du bourreau était : qu'on ne pouvait pas trancher une tête, à moins qu'il n'y eût un corps d'où l'on pût la couper ; que jamais il n'avait eu pareille chose à faire, et que ce n'était pas *à son âge* qu'il allait commencer.

Le raisonnement du Roi était : que tout ce qui avait une tête pouvait être décapité, et qu'il ne fallait pas dire des choses qui n'avaient pas de bon sens.

Le raisonnement de la Reine était : que si la question ne se décidait pas en moins de rien, elle ferait trancher la tête à tout le monde à la ronde. (C'était cette dernière observation qui avait donné à toute la compagnie l'air si grave et si inquiet.)

Alice ne trouva rien de mieux à dire que :

— Il appartient à la Duchesse ; c'est elle que vous feriez bien de consulter à ce sujet.

— Elle est en prison, dit la Reine au bourreau. Qu'on l'amène ici.

Et le bourreau partit comme un trait.

La tête du Chat commença à s'évanouir aussitôt que le bourreau fut parti, et elle avait complétement disparu quand il revint accompagné de la Duchesse ; de sorte que le Roi et le bourreau se mirent à courir de côté et d'autre comme des fous pour trouver cette tête, tandis que le reste de la compagnie retournait au jeu.

Chapitre IX

Histoire de la Fausse-Tortue.

— Vous ne sauriez croire combien je suis heureuse de vous voir, ma bonne vieille fille ! dit la Duchesse, passant amicalement son bras sous celui d'Alice, et elles s'éloignèrent ensemble.

Alice était bien contente de la trouver de si bonne humeur, et pensait en elle-même que c'était peut-être le poivre qui l'avait rendue si méchante, lorsqu'elles se rencontrèrent dans la cuisine.

« Quand je serai Duchesse, moi, » se dit-elle (d'un ton qui exprimait peu d'espérance cependant), « je n'aurai pas de poivre dans ma cuisine, pas le moindre grain. La soupe peut très bien s'en passer. Ça pourrait bien être le poivre qui échauffe la bile des gens, » continua-t-elle, enchantée d'avoir fait cette découverte ; « ça pourrait bien être le vinaigre qui les aigrit ; la camomille qui les rend amères ; et le sucre d'orge et d'autres choses du même genre qui adoucissent le caractère des enfants. Je voudrais bien que tout le monde sût cela ; on ne serait pas si chiche de sucreries, voyez-vous. »

Elle avait alors complètement oublié la Duchesse, et tressaillit en entendant sa voix tout près de son oreille.

— Vous pensez à quelque chose, ma chère petite, et cela vous fait oublier de causer. Je ne puis pas vous dire en ce moment quelle est la morale de ce fait, mais je m'en souviendrai tout à l'heure.

— Peut-être n'y en a-t-il pas, se hasarda de dire Alice.

— Bah, bah, mon enfant ! dit la Duchesse. Il y a une morale à tout, si seulement on pouvait la trouver.

Et elle se serra plus près d'Alice en parlant.

Alice n'aimait pas trop qu'elle se tînt si près d'elle. D'abord parce que la Duchesse était très laide, et ensuite parce qu'elle était juste assez grande pour appuyer son menton sur l'épaule d'Alice, et c'était un menton très désagréablement pointu. Pourtant elle ne voulait pas être impolie, et elle supporta cela de son mieux.

— La partie va un peu mieux maintenant, dit-elle, afin de soutenir la conversation.

— C'est vrai, dit la Duchesse ; et la morale en est : "Oh ! c'est l'amour, l'amour qui fait aller le monde à la ronde !"

— Quelqu'un a dit, murmura Alice, que c'est quand chacun s'occupe de ses affaires que le monde n'en va que mieux.

— Eh bien ! Cela signifie presque la même chose, dit la Duchesse, qui enfonça son petit menton pointu dans l'épaule d'Alice, en ajoutant :

— Et la morale en est : "Un chien vaut mieux que deux gros rats."

« Comme elle aime à trouver des morales partout ! » pensa Alice.

— Je parie que vous vous demandez pourquoi je ne passe pas mon bras autour de votre taille, dit la Duchesse après une pause. La raison en est que je ne me fie pas trop à votre flamant. Voulez-vous que j'essaie ?

— Il pourrait mordre, répondit Alice, qui ne se sentait pas la moindre envie de faire l'essai proposé.

— C'est bien vrai, dit la Duchesse ; les flamants et la moutarde mordent tous les deux, et la morale en est : "Qui se ressemble, s'assemble."

— Seulement la moutarde n'est pas un oiseau, répondit Alice.

— Vous avez raison, comme toujours, dit la Duchesse ; avec quelle clarté, vous présentez les choses !

— C'est un minéral, je crois, dit Alice.

— Assurément, dit la Duchesse, qui semblait prête à approuver tout ce que disait Alice. Il y a une bonne mine de moutarde près d'ici ; la morale en est qu'il faut faire bonne mine à tout le monde !

— Oh ! je sais, s'écria Alice, qui n'avait pas fait attention à cette dernière observation, c'est un végétal ! ça n'en a pas l'air, mais c'en est un.

— Je suis tout à fait de votre avis, dit la Duchesse, et la morale en est : "Soyez ce que vous voulez paraître " ; ou, si vous voulez que je le dise plus simplement : " Ne vous imaginez jamais de ne pas être autrement que ce qu'il pourrait sembler aux autres que ce que vous étiez ou auriez pu être n'était pas autrement que ce que vous aviez été leur aurait paru être autrement."

— Il me semble que je comprendrais mieux cela, dit Alice fort poliment, si je l'avais par écrit : car je ne peux pas très bien le suivre comme vous le dites.

— Cela n'est rien auprès de ce que je pourrais dire si je voulais, répondit la Duchesse d'un ton satisfait.

— Je vous en prie, ne vous donnez pas la peine d'allonger davantage votre explication, dit Alice.

— Oh ! ne parlez pas de ma peine, dit la Duchesse ; je vous fais cadeau de tout ce que j'ai dit jusqu'à présent.

« Voilà un cadeau qui n'est pas cher ! » pensa Alice. « Je suis bien contente qu'on ne fasse pas de cadeau d'anniversaire comme cela ! »

Mais elle ne se hasarda pas à le dire tout haut.

— Encore à réfléchir ? demanda la Duchesse, avec un nouveau coup de son petit menton pointu.

— J'ai bien le droit de réfléchir, dit Alice sèchement, car elle commençait à se sentir un peu ennuyée.

— À peu près le même droit, dit la Duchesse, que les cochons de voler, et la mo...

Mais ici, au grand étonnement d'Alice, la voix de la Duchesse s'éteignit au milieu de son mot favori, *morale*, et le bras qui était passé sous le sien commença de trembler. Alice leva les yeux et vit la Reine en face d'elle, les bras croisés, sombre et terrible comme un orage.

— Voilà un bien beau temps, Votre Majesté ! fit la Duchesse, d'une voix basse et tremblante.

— Je vous en préviens ! cria la Reine, trépignant tout le temps. Hors d'ici, ou à bas la tête ! et cela en moins de rien ! Choisissez.

La Duchesse eut bientôt fait son choix : elle disparut en un clin d'œil.

— Continuons notre partie, dit la Reine à Alice.

Et Alice, trop effrayée pour souffler mot, la suivit lentement vers la pelouse.

Les autres invités, profitant de l'absence de la Reine, se reposaient à l'ombre, mais sitôt qu'ils la virent ils se hâtèrent de retourner au jeu, la Reine leur faisant simplement observer qu'un instant de retard leur coûterait la vie.

Tant que dura la partie, la Reine ne cessa de se quereller avec les autres joueurs et de crier : « Qu'on coupe la tête à celui-ci ! Qu'on coupe la tête à celle-là ! ». Ceux qu'elle condamnait étaient arrêtés par les soldats qui, bien entendu, avaient à cesser de servir d'arches, de sorte qu'au bout d'une demi-heure environ, il ne restait plus d'arches, et tous les joueurs, à l'exception du Roi, de la Reine, et d'Alice, étaient arrêtés et condamnés à avoir la tête tranchée.

Alors la Reine cessa le jeu toute hors d'haleine, et dit à Alice :

— Avez-vous vu la Fausse-Tortue ?

— Non, dit Alice ; je ne sais même pas ce que c'est qu'une Fausse-Tortue.

— C'est ce dont on fait la soupe à la Fausse-Tortue, dit la Reine.

— Je n'en ai jamais vu, et c'est la première fois que j'en entends parler, dit Alice.

— Eh bien ! venez, dit la Reine, et elle vous contera son histoire.

Comme elles s'en allaient ensemble, Alice entendit le Roi dire à voix basse à toute la compagnie :

— Vous êtes tous graciés.

« Allons, voilà qui est heureux ! » se dit-elle en elle-même, car elle était toute chagrine du grand nombre d'exécutions que la Reine avait ordonnées.

Elles rencontrèrent bientôt un Griffon, étendu au soleil et dormant profondément. (Si vous ne savez pas ce que c'est qu'un Griffon, regardez l'image.)

— Debout ! paresseux, dit la Reine, et menez cette petite demoiselle voir la Fausse-Tortue, et l'entendre raconter son histoire. Il faut que je m'en retourne pour veiller à quelques exécutions que j'ai ordonnées ; et elle partit laissant Alice seule avec le Griffon.

La mine de cet animal ne plaisait pas trop à Alice, mais, tout bien considéré, elle pensa qu'elle ne courait pas plus de risques en restant auprès de lui, qu'en suivant cette Reine farouche.

Le Griffon se leva et se frotta les yeux, puis il guetta la Reine jusqu'à ce qu'elle fût disparue ; et il se mit à ricaner.

— Quelle farce ! dit le Griffon, moitié à soi, moitié à Alice.

— Quelle est la farce ? demanda Alice.

— Elle ! dit le Griffon. C'est une idée qu'elle se fait ; jamais on n'exécute personne, vous comprenez. Venez donc !

« Tout le monde ici dit : Venez donc ! » pensa Alice, en suivant lentement le Griffon. « Jamais de ma vie on ne m'a fait aller comme cela ; non, jamais ! »

Ils ne firent pas beaucoup de chemin avant d'apercevoir dans l'éloignement la Fausse-Tortue assise, triste et solitaire, sur un petit récif, et, à mesure qu'ils approchaient, Alice pouvait l'entendre qui soupirait comme si son cœur allait se briser. Elle la plaignait sincèrement.

— Quel est donc son chagrin ? demanda-t-elle au Griffon. Et le Griffon répondit, presque dans les mêmes termes qu'auparavant :

— C'est une idée qu'elle se fait ; elle n'a point de chagrin, vous comprenez. Venez donc !

Ainsi ils s'approchèrent de la Fausse-Tortue, qui les regarda avec de grands yeux pleins de larmes, mais ne dit rien.

— Cette petite demoiselle, dit le Griffon, veut savoir votre histoire.

— Je vais la lui raconter, dit la Fausse-Tortue, d'un ton grave et sourd : Asseyez-vous tous deux, et ne dites pas un mot avant que j'aie fini.

Ils s'assirent donc, et pendant quelques minutes, personne ne dit mot.

Alice pensait : « Je ne vois pas comment elle pourra jamais finir si elle ne commence pas. » Mais elle attendit patiemment.

— Autrefois, dit enfin la Fausse-Tortue, j'étais une vraie Tortue.

Ces paroles furent suivies d'un long silence interrompu seulement de temps à autre par cette exclamation du Griffon : "Hjckrrh !" et les soupirs continuels de la Fausse-Tortue.

Alice était sur le point de se lever et de dire : « Merci de votre histoire intéressante » mais elle ne pouvait s'empêcher de penser qu'il devait sûrement y en avoir encore à venir. Elle resta donc tranquille sans rien dire.

— Quand nous étions petits, continua la Fausse Tortue d'un ton plus calme, quoiqu'elle laissât encore de temps à autre échapper un sanglot, nous allions à l'école au fond de la mer. La maîtresse était une vieille tortue ; nous l'appelions Chélonée.

— Et pourquoi l'appeliez-vous Chélonée, si ce n'était pas son nom ?

— Parce qu'on ne pouvait s'empêcher de s'écrier en la voyant : "Quel long nez !" dit la Fausse-Tortue d'un ton fâché ; vous êtes vraiment bien bornée !

— Vous devriez avoir honte de faire une question si simple ! ajouta le Griffon.

Et puis tous deux gardèrent le silence, les yeux fixés sur la pauvre Alice, qui se sentait prête à rentrer sous terre.

Enfin le Griffon dit à la Fausse-Tortue « En avant, camarade ! Tâchez d'en finir aujourd'hui ! » et elle continua en ces termes :

— Oui, nous allions à l'école dans la mer, bien que cela vous étonne.

— Je n'ai pas dit cela, interrompit Alice.

— Vous l'avez dit, répondit la Fausse-Tortue.

— Taisez-vous donc, ajouta le Griffon, avant qu'Alice pût reprendre la parole. La Fausse-Tortue continua :

— Nous recevions la meilleure éducation possible ; au fait, nous allions tous les jours à l'école.

— Moi aussi, j'y ai été tous les jours, dit Alice ; il n'y a pas de quoi être si fière.

— Avec des extras? dit la Fausse-Tortue avec quelque inquiétude.

— Oui, dit Alice, nous apprenions aussi l'italien et la musique.

— Et le blanchissage ? dit la Fausse-Tortue.

— Non, certainement pas ! dit Alice indignée.

— Ah ! Alors votre école ne devait être la meilleure, dit la Fausse-Tortue comme soulagée d'un grand poids. Eh bien, à notre école il y avait au bas du prospectus : " L'italien, la musique, et le blanchissage en plus".

— Vous ne deviez pas en avoir grand besoin, puisque vous viviez au fond de la mer, dit Alice.

— Je n'avais pas les moyens de l'apprendre, dit en soupirant la Fausse-Tortue ; je ne suivais que les cours ordinaires.

— Qu'est-ce que c'était ? demanda Alice.

— À Luire et à Médire, cela va sans dire, répondit la Fausse-Tortue ; et puis les différentes branches de l'Arithmétique : l'Ambition, la Distraction, l'Enjolification, et la Dérision.

— Je n'ai jamais entendu parler d'enjolification, se hasarda de dire Alice. Qu'est-ce que c'est ?

Le Griffon leva les deux pattes en l'air en signe d'étonnement.

— Vous n'avez jamais entendu parler d'enjolir ! s'écria-t-il. Vous savez ce que c'est que "embellir", je suppose ?

— Oui, dit Alice, en hésitant : cela veut dire... rendre une chose... plus belle.

— Eh bien ! continua le Griffon, si vous ne savez pas ce que c'est que « enjolir » vous êtes vraiment niaise.

Alice ne se sentit pas encouragée à faire de nouvelles questions là-dessus, elle se tourna donc vers la Fausse-Tortue, et lui dit,

— Qu'appreniez-vous encore ?

— Eh bien, il y avait le Grimoire, répondit la Fausse-Tortue en comptant sur ses battoirs ; le Grimoire ancien et moderne, avec la Mérographie, et puis le Dédain ; le maître de Dédain était un vieux congre qui venait une fois par semaine ; il nous enseignait à Dédaigner, à Esquiver et à Feindre à l'huître.

— Qu'est-ce que cela ? dit Alice.

— Ah ! je ne peux pas vous le montrer, moi, dit la Fausse-Tortue, je suis trop gênée, et le Griffon ne l'a jamais appris.

— Je n'en avais pas le temps, dit le Griffon, mais j'ai suivi les cours du professeur de langues mortes ; c'était un vieux crabe, celui-là.

— Je n'ai jamais suivi ses cours, dit la Fausse-Tortue avec un soupir ; il enseignait le Larcin et la Grève.

— C'est ça, c'est ça, dit le Griffon, en soupirant à son tour ; et ces deux créatures se cachèrent la figure dans leurs pattes.

— Combien d'heures de leçons aviez-vous par jour ? dit Alice vivement, pour changer la conversation.

— Dix heures, le premier jour, dit la Fausse-Tortue ; neuf heures, le second, et ainsi de suite.

— Quelle singulière méthode ! s'écria Alice.

— C'est pour cela qu'on les appelle leçons, dit le Griffon, parce que nous les laissons là peu à peu.

C'était là pour Alice une idée toute nouvelle ; elle y réfléchit un peu avant de faire une autre observation.

— Alors le onzième jour devait être un jour de congé ?

— Assurément, répondit la Fausse-Tortue.

— Et comment vous arrangiez-vous le douzième jour ? s'empressa de demander Alice.

— En voilà assez sur les leçons, dit le Griffon intervenant d'un ton très décidé ; parlez-lui des jeux maintenant.

Chapitre X

Le quadrille de Homards.

La Fausse-Tortue soupira profondément et passa le dos d'une de ses nageoires sur ses yeux. Elle regarda Alice et s'efforça de parler, mais les sanglots étouffèrent sa voix pendant une ou deux minutes.

— On dirait qu'elle a un os dans le gosier, dit le Griffon, et il se mit à la secouer et à lui taper dans le dos.

Enfin la Fausse-Tortue retrouva la voix, et, tandis que de grosses larmes coulaient le long de ses joues, elle continua :

— Peut-être n'avez-vous pas beaucoup vécu au fond de la mer ? (« Non » dit Alice) et peut-être ne vous a-t-on jamais présentée à un homard ? (Alice allait dire : « J'en ai goûté une fois » mais elle se reprit vivement, et dit : « Non, jamais. ») De sorte que vous ne pouvez pas du tout vous figurer quelle chose délicieuse c'est qu'un quadrille de homards.

— Non, vraiment, dit Alice. Qu'est-ce que c'est que cette danse-là ?

— D'abord, dit le Griffon, on se met en rang le long des bords de la mer...

— On forme deux rangs, cria la Fausse-Tortue : des phoques, des tortues et des saumons, et ainsi de suite. Puis lorsqu'on a débarrassé la côte des gelées de mer ...

— Cela prend ordinairement longtemps, dit le Griffon.

— on avance deux fois ...

— Chacun ayant un homard pour danseur, cria le Griffon.

— Cela va sans dire, dit la Fausse-Tortue. Avancez deux fois et balancez ...

— Changez de homards, et revenez dans le même ordre, continua le Griffon.

— Et puis vous comprenez, continua la Fausse-Tortue, vous jetez les..

— Les homards ! cria le Griffon, en faisant un bond en l'air.

— ... aussi loin à la mer que vous le pouvez ...

— Vous nagez à leur poursuite !! cria le Griffon.

— Vous faites une cabriole dans la mer !!! cria la Fausse-Tortue, en cabriolant de tous côtés comme une folle.

— Changez encore de homards !!!! hurla le Griffon de toutes ses forces.

— Revenez à terre ; et, c'est là la première figure, dit la Fausse-Tortue, baissant tout à coup la voix ; et ces deux êtres, qui pendant tout ce temps avaient bondi de tous côtés comme des fous, se rassirent bien tristement et bien posément, puis regardèrent Alice.

— Cela doit être une très jolie danse, dit timidement Alice.

— Voudriez-vous voir un peu comment ça se danse ? dit la Fausse-Tortue.

— Cela me ferait grand plaisir, dit Alice.

— Allons, essayons la première figure, dit la Fausse-Tortue au Griffon ; nous pouvons la faire sans homards, vous comprenez. Qui va chanter ?

— Oh ! chantez, vous, dit le Griffon ; moi j'ai oublié les paroles.

Ils se mirent donc à danser gravement tout autour d'Alice, lui marchant de temps à autre sur les pieds quand ils approchaient trop près, et remuant leurs pattes de devant pour marquer la mesure, tandis que la Fausse-Tortue chantait très lentement et très tristement :

> *Nous n'irons plus à l'eau,*
> *Si tu n'avances tôt ;*
> *Ce Marsouin trop pressé*
> *Va tous nous écraser.*
> *Colimaçon danse,*
> *Entre dans la danse ;*
> *Sautons, dansons,*
> *Avant de faire un plongeon.*

95

Je ne veux pas danser,
Je me frais fracasser.
« Oh ! » reprend le Merlan,
« C'est pourtant bien plaisant. »
Colimaçon danse,
Entre dans la danse ;
Sautons, dansons,
Avant de faire un plongeon.

Je ne veux pas plonger,
Je ne sais pas nager.
Le Homard et l'bateau
D'sauv'tag' te tir'ront d'l'eau.
Colimaçon danse,
Entre dans la danse ;
Sautons, dansons,
Avant de faire un plongeon.

— Merci, c'est une danse très intéressante à voir danser, dit Alice, enchantée que ce fût enfin fini. Et je trouve cette curieuse chanson du merlan si agréable !

— Oh ! quant aux merlans, dit la Fausse-Tortue, ils ... vous les avez vus, sans doute ?

— Oui, dit Alice, je les ai souvent vus à dî... Elle s'arrêta tout court.

— Je ne sais pas où est Di, reprit la Fausse Tortue ; mais, puisque vous les avez vus si souvent, vous devez savoir l'air qu'ils ont ?

— Je le crois, répliqua Alice, en se recueillant. Ils ont la queue dans la bouche, et sont tout couverts de mie de pain.

— Vous vous trompez à l'endroit de la mie de pain, dit la Fausse-Tortue : la mie serait enlevée dans la mer, mais ils ont bien la queue dans la bouche, et la raison en est que ...

Ici la Fausse-Tortue bâilla et ferma les yeux.

— Dites-lui-en la raison et tout ce qui s'ensuit, dit-elle au Griffon.

— La raison, c'est que les merlans, dit le Griffon, voulurent absolument aller à la danse avec les homards. Alors on les jeta à la mer. Alors ils eurent à tomber bien loin, bien loin. Alors ils s'entrèrent la queue fortement dans la bouche. Alors ils ne purent plus l'en retirer. Voilà tout.

— Merci, dit Alice, c'est très intéressant ; je n'en avais jamais tant appris sur le compte des merlans.

— Je propose donc, dit le Griffon, que vous nous racontiez quelques-unes de vos aventures.

— Je pourrais vous conter mes aventures à partir de ce matin, dit Alice un peu timidement ; mais il est inutile de parler de la journée d'hier, car j'étais une personne tout à fait différente alors.

— Expliquez-nous cela, dit la Fausse-Tortue.

— Non, non, les aventures d'abord, dit le Griffon d'un ton d'impatience ; les explications prennent tant de temps.

Alice commença donc à leur conter ses aventures depuis le moment où elle avait vu le Lapin Blanc pour la première fois. Elle fut d'abord un peu troublée dans le commencement ; les deux créatures se tenaient si près d'elle, une de chaque côté, et ouvraient de si grands yeux et une si grande bouche ! Mais elle reprenait courage à mesure qu'elle parlait. Les auditeurs restèrent fort tranquilles jusqu'à ce qu'elle arrivât au moment de son histoire où elle avait eu à répéter à la chenille : « *Vous êtes vieux, Père Guillaume* » et où les mots lui étaient venus tout de travers, et alors la Fausse-Tortue poussa un long soupir et dit : « C'est bien singulier. »

— Tout cela est on ne peut plus singulier, dit le Griffon.

— Tout de travers, répéta la Fausse-Tortue d'un air rêveur. Je voudrais bien l'entendre réciter quelque chose à présent. Dites-lui de s'y mettre.

Elle regardait le Griffon comme si elle lui croyait de l'autorité sur Alice.

— Debout, et récitez : "*C'est la voix du can*", dit le Griffon.

« Comme ces êtres-là vous commandent et vous font répéter des leçons ! » pensa Alice ; « autant vaudrait être à l'école. »

Cependant elle se leva et se mit à réciter ; mais elle avait la tête si pleine du Quadrille de Homards, qu'elle savait à peine ce qu'elle disait, et que les mots lui venaient tout drôlement :

C'est la voix du homard grondant comme la foudre :
« On m'a trop fait bouillir, il faut que je me poudre ! »
Puis, les pieds en dehors, prenant la brosse en main,
De se faire bien beau vite il se met en train.

— C'est tout différent de ce que je récitais quand j'étais petit, moi, dit le Griffon.

— Je ne l'avais pas encore entendu réciter, dit la Fausse-Tortue ; mais cela me fait l'effet d'un fameux galimatias.

Alice ne dit rien ; elle s'était rassise, la figure dans ses mains, se demandant avec étonnement si jamais les choses reprendraient leur cours naturel.

— Je voudrais bien qu'on m'expliquât cela, dit la Fausse-Tortue.

— Elle ne peut pas l'expliquer, dit le Griffon vivement. Continuez, récitez les vers suivants.

— Mais, *les pieds en dehors*, continua opiniâtrement la Fausse-Tortue. Pourquoi dire qu'il avait les pieds en dehors ?

— C'est la première position lorsqu'on apprend à danser, dit Alice ; tout cela l'embarrassait fort, et il lui tardait de changer la conversation.

— Récitez les vers suivants, répéta le Griffon avec impatience ; ça commence : « *Passant près de chez lui ...* »

Alice n'osa pas désobéir, bien qu'elle fût sûre que les mots allaient lui venir tout de travers. Elle continua donc d'une voix tremblante :

Passant près de chez lui, j'ai vu, ne vous déplaise,
Une huître et un hibou qui dînaient fort à l'aise.

— À quoi bon répéter tout ce charabia, interrompit la Fausse-Tortue, si vous ne l'expliquez pas à mesure que vous le dites ? C'est, de beaucoup, ce que j'ai entendu de plus embrouillant.

— Oui, je crois que vous feriez bien d'en rester là, dit le Griffon ; et Alice ne demanda pas mieux.

— Essaierons-nous une autre figure du Quadrille de Homards ? continua le Griffon. Ou bien, préférez-vous que la Fausse-Tortue vous chante quelque chose ?

— Oh ! une chanson, je vous prie ; si la Fausse-Tortue veut bien avoir cette obligeance, répondit Alice, avec tant d'empressement que le Griffon dit d'un air un peu offensé :

— Hum ! Chacun son goût. Chantez-lui "*La Soupe à la Tortue*", hé ! camarade !

La Fausse-Tortue poussa un profond soupir et commença, d'une voix de temps en temps étouffée par les sanglots :

Ô doux potage,
Ô mets délicieux !
Ah ! pour partage,
Quoi de plus précieux ?
Plonger dans ma soupière
Cette vaste cuillère
Est un bonheur
Qui me réjouit le cœur.

Gibier, volaille,
Lièvres, dindes, perdreaux,
Rien qui te vaille,
Pas même les pruneaux !
Plonger dans ma soupière
Cette vaste cuillère
Est un bonheur
Qui me réjouit le cœur.

— Bis au refrain ! cria le Griffon.

Et la Fausse-Tortue venait de le reprendre, quand un cri, « Le procès va commencer ! » se fit entendre au loin.

— Venez donc ! cria le Griffon ; et, prenant Alice par la main, il se mit à courir sans attendre la fin de la chanson.

— Qu'est-ce que c'est que ce procès ? demanda Alice hors d'haleine.

Mais le Griffon se contenta de répondre : « Venez donc ! » en courant de plus belle, tandis que leur parvenaient, de plus en plus faibles, apportées par la brise qui les poursuivait, ces paroles pleines de mélancolie :

Plonger dans ma soupière
Cette vaste cuillère
Est un bonheur
Qui me réjouit le cœur.

Chapitre XI

Qui a volé les tartes ?

Le Roi et la Reine de Cœur étaient assis sur leur trône, entourés d'une nombreuse assemblée : toutes sortes de petits oiseaux et d'autres bêtes, ainsi que le paquet de cartes tout entier. Le Valet, chargé de chaînes, gardé de chaque côté par un soldat, se tenait debout devant le trône, et près du roi se trouvait le Lapin Blanc, tenant d'une main une trompette et de l'autre un rouleau de parchemin.

Au beau milieu de la salle était une table sur laquelle on voyait un grand plat de tartes ; ces tartes semblaient si bonnes que cela donna faim à Alice, rien que de les regarder.

« Je voudrais bien qu'on se dépêchât de finir le procès, » pensa-t-elle, « et qu'on fît passer les rafraîchissements. » mais cela ne paraissait guère probable, aussi se mit-elle à regarder tout autour d'elle pour passer le temps.

C'était la première fois qu'Alice se trouvait dans une cour de justice, mais elle en avait lu des descriptions dans les livres, et elle fut toute contente de voir qu'elle savait le nom de presque tout ce qu'il y avait là.

« Ça, c'est le juge, » se dit-elle ; « je le reconnais à sa grande perruque. »

Le juge, disons-le en passant, était le Roi, et, comme il portait sa couronne par-dessus sa perruque, il n'avait pas du tout l'air d'être à son aise, et cela ne lui allait pas bien du tout.

« Et ça, c'est le banc du jury, » pensa Alice ; « et ces douze créatures » (elle était forcée de dire « créatures » vous comprenez, car quelques-uns étaient des bêtes et quelques autres des oiseaux), « je suppose que ce sont les jurés » ; elle se répéta ce dernier mot deux ou trois fois, car elle en était assez fière : pensant avec raison que bien peu de petites filles de son âge savent ce que cela veut dire.

Les douze jurés étaient tous très occupés à écrire sur des ardoises.

— Qu'est-ce qu'ils font là ? dit Alice à l'oreille du Griffon. Ils ne peuvent rien avoir à écrire avant que le procès soit commencé.

— Ils inscrivent leur nom, répondit de même le Griffon, de peur de l'oublier avant la fin du procès.

— Les niais ! s'écria Alice d'un ton indigné, mais elle se retint bien vite, car le Lapin Blanc cria :

— Silence dans l'auditoire !

Et le Roi, mettant ses lunettes, regarda vivement autour de lui pour voir qui parlait.

Alice pouvait voir, aussi clairement que si elle eût regardé par-dessus leurs épaules, que tous les jurés étaient en train d'écrire « les niais » sur leurs ardoises, et elle pouvait même distinguer que l'un d'eux ne savait pas écrire « niais » et qu'il était obligé de le demander à son voisin.

« Leurs ardoises seront dans un bel état avant la fin du procès ! » pensa Alice.

Un des jurés avait un crayon qui grinçait. Alice, vous le pensez bien, ne pouvait pas souffrir cela ; elle fit le tour de la salle, arriva derrière lui, et trouva bientôt l'occasion d'enlever le crayon. Ce fut si tôt fait que le pauvre petit juré (c'était Jacques, le lézard) ne pouvait pas s'imaginer ce qu'il était devenu. Après avoir cherché partout, il fut obligé d'écrire avec un doigt tout le reste du jour, et cela était fort inutile, puisque son doigt ne laissait aucune marque sur l'ardoise.

— Héraut, lisez l'acte d'accusation ! dit le Roi.

Sur ce, le Lapin Blanc sonna trois fois de la trompette, et puis, déroulant le parchemin, et lut ceci :

> « *La Reine de Cœur fit des tartes,*
> *Un beau jour de printemps ;*
> *Le Valet de Cœur prit les tartes,*
> *Et s'en fut tout content !* »

— Délibérez, dit le Roi aux jurés.

— Pas encore, pas encore, interrompit vivement le Lapin ; il y a bien des choses à faire auparavant !

— Appelez les témoins, dit le Roi ; et le Lapin Blanc sonna trois fois de la trompette, et cria :

— Le premier témoin !

Le premier témoin était le Chapelier. Il entra, tenant d'une main une tasse de thé et de l'autre une tartine de beurre.

— Pardon, Votre Majesté, dit il, si j'apporte cela ici ; je n'avais pas tout à fait fini de prendre mon thé lorsqu'on est venu me chercher.

— Vous auriez dû avoir fini, dit le Roi ; quand avez-vous commencé ?

Le Chapelier regarda le Lièvre de Mars qui l'avait suivi dans la salle, bras dessus bras dessous avec le Loir.

— Le Quatorze Mars, je crois bien, dit-il.

— Le Quinze ! dit le Lièvre de Mars.

— Le Seize ! ajouta le Loir.

— Notez cela, dit le Roi aux jurés. Et les jurés s'empressèrent d'écrire les trois dates sur leurs ardoises ; puis en firent l'addition, dont ils cherchèrent à réduire le total en francs et centimes.

— Ôtez votre chapeau, dit le Roi au Chapelier.

— Il n'est pas à moi, dit le Chapelier.

— Volé ! s'écria le Roi en se tournant du côté des jurés, qui s'empressèrent de prendre note du fait.

— Je les tiens en vente, ajouta le Chapelier, comme explication. Je n'en ai pas à moi ; je suis chapelier.

Ici la Reine mit ses lunettes, et se prit à regarder fixement le Chapelier, qui devint pâle et tremblant.

— Faites votre déposition, dit le Roi ; et ne soyez pas agité ; sans cela je vous fais exécuter sur-le-champ.

Cela ne parut pas du tout encourager le témoin ; il ne cessait de passer d'un pied sur l'autre en regardant la Reine d'un air inquiet, et, dans son trouble, il mordit dans la tasse et en enleva un grand morceau, au lieu de mordre dans la tartine de beurre.

Juste à ce moment-là, Alice éprouva une étrange sensation qui l'embarrassa beaucoup, jusqu'à ce qu'elle se fût rendu compte de ce que c'était. Elle recommençait à grandir. Elle pensa d'abord à se lever et à quitter la cour : mais, toute réflexion faite, elle se décida à rester où elle était, tant qu'il y aurait de la place pour elle.

— Ne poussez donc pas comme ça, dit le Loir ; je puis à peine respirer.

— Ce n'est pas de ma faute, dit Alice doucement ; je grandis.

— Vous n'avez pas le droit de grandir ici, dit le Loir.

— Ne dites pas de sottises, répliqua Alice plus hardiment ; vous savez bien que vous aussi vous grandissez.

— Oui, mais je grandis raisonnablement, moi, dit le Loir ; et non de cette façon ridicule.

Il se leva en faisant la mine, et passa de l'autre côté de la salle.

Pendant tout ce temps-là, la Reine n'avait pas cessé de fixer les yeux sur le Chapelier, et, comme le Loir traversait la salle, elle dit à un des officiers du tribunal :

— Apportez-moi la liste des chanteurs du dernier concert.

Sur quoi, le malheureux Chapelier se mit à trembler si fortement qu'il en perdit ses deux souliers.

— Faites votre déposition, répéta le Roi en colère ; ou bien je vous fais exécuter, que vous soyez troublé ou non !

— Je suis un pauvre homme, Votre Majesté, fit le Chapelier d'une voix tremblante ; et il n'y avait guère qu'une semaine ou deux que j'avais commencé à prendre mon thé, et avec ça les tartines devenaient si minces et les *dragées* du thé ...

— Les *dragées* de quoi ? dit le Roi.

— Ça a commencé par le thé, répondit le Chapelier.

— Je vous dis que dragée commence par un *d* ! cria le Roi vivement. Me prenez-vous pour un âne ? Continuez !

— Je suis un pauvre homme, continua le Chapelier ; et les dragées et les autres choses me firent perdre la tête. Mais le Lièvre de Mars dit ...

— C'est faux ! s'écria le Lièvre de Mars se dépêchant de l'interrompre.

— C'est vrai ! cria le Chapelier.

— Je le nie ! cria le Lièvre de Mars.

— Il le nie ! dit le Roi. Passez là-dessus.

— Eh bien ! dans tous les cas, le Loir dit... , continua le Chapelier, regardant autour de lui pour voir s'il nierait aussi ; mais le Loir ne nia rien, car il dormait profondément.

— Après cela, continua le Chapelier, je me coupai d'autres tartines de beurre.

— Mais, que dit le Loir ? demanda un des jurés.

— C'est ce que je ne peux pas me rappeler, dit le Chapelier.

— Il faut absolument que vous vous le rappeliez, fit observer le Roi ; ou bien je vous fais exécuter.

Le malheureux Chapelier laissa tomber sa tasse et sa tartine de beurre, et mit un genou en terre.

— Je suis un pauvre homme, Votre Majesté ! commença-t-il.

— Vous êtes un très pauvre orateur, dit le Roi.

Ici un des cochons d'Inde applaudit, et fut immédiatement réprimé par un des huissiers. (Comme ce mot est assez difficile, je vais vous expliquer comment cela se fit. Ils avaient un grand sac de toile qui se fermait à l'aide de deux ficelles attachées à l'ouverture ; dans ce sac ils firent glisser le cochon d'Inde la tête la première, puis ils s'assirent dessus.)

« Je suis contente d'avoir vu cela. » pensa Alice. « J'ai souvent lu dans les journaux, à la fin des procès : "Il se fit quelques tentatives d'applaudissements qui furent bientôt réprimées par les huissiers", et je n'avais jamais compris jusqu'à présent ce que cela voulait dire. »

— Si c'est là tout ce que vous savez de l'affaire, vous pouvez vous prosterner, continua le Roi.

— Je ne puis pas me prosterner plus bas que cela, dit le Chapelier ; je suis déjà par terre.

— Alors asseyez-vous, répondit le Roi.

Ici l'autre cochon d'Inde applaudit et fut réprimé.

« Bon, cela met fin aux cochons d'Inde ! » pensa Alice. « Maintenant ça va mieux aller. »

— J'aimerais bien aller finir de prendre mon thé, dit le Chapelier, en lançant un regard inquiet sur la Reine, qui lisait la liste des chanteurs.

— Vous pouvez vous retirer, dit le Roi ; et le Chapelier se hâta de quitter la cour, sans même prendre le temps de mettre ses souliers.

— Et coupez-lui la tête dehors, ajouta la Reine, s'adressant à un des huissiers ; mais le Chapelier était déjà bien loin avant que l'huissier arrivât à la porte.

— Appelez un autre témoin, dit le Roi.

L'autre témoin, c'était la cuisinière de la Duchesse. Elle tenait la poivrière à la main, et Alice devina qui c'était, même avant qu'elle entrât dans la salle, en voyant éternuer, tout à coup et tous à la fois, les gens qui se trouvaient près de la porte.

— Faites votre déposition, dit le Roi.

— Non ! dit la cuisinière.

Le Roi regarda d'un air inquiet le Lapin Blanc, qui lui dit à voix basse :

— Il faut que Votre Majesté interroge ce témoin-là contradictoirement.

— Puisqu'il le faut, il le faut, dit le Roi, d'un air triste ; et, après avoir croisé les bras et froncé les sourcils en regardant la cuisinière, au point que les yeux lui étaient presque complètement rentrés dans la tête, il dit d'une voix creuse :

— De quoi les tartes sont-elles faites ?

— De poivre principalement, dit la cuisinière.

— De mélasse, dit une voix endormie derrière elle.

— Saisissez ce Loir au collet ! cria la Reine. Coupez la tête à ce Loir ! Mettez ce Loir à la porte ! Réprimez-le, pincez-le, arrachez-lui ses moustaches !

Pendant quelques instants, toute la cour fut sens dessus dessous pour mettre le Loir à la porte ; et, quand le calme fut rétabli, la cuisinière avait disparu.

— Cela ne fait rien, dit le Roi, comme soulagé d'un grand poids. Appelez le troisième témoin ; et il ajouta à voix basse en s'adressant à la Reine :

— Vraiment, mon amie, il faut que vous interrogiez cet autre témoin ; cela me fait trop mal au front !

Alice regardait le Lapin Blanc tandis qu'il tournait la liste dans ses doigts, curieuse de savoir quel serait l'autre témoin. « Car les dépositions ne prouvent pas grand'chose jusqu'à présent. » se dit-elle.

Imaginez sa surprise quand le Lapin Blanc cria, du plus fort de sa petite voix criarde :

— Alice !

Chapitre XII

Déposition d'Alice.

— Voilà ! cria Alice, oubliant tout à fait dans le trouble du moment combien elle avait grandi depuis quelques instants.

Et elle se leva si brusquement qu'elle accrocha le banc des jurés avec le bord de sa robe, et le renversa, avec tous ses occupants, sur la tête de la foule qui se trouvait au-dessous, et on les vit se débattant de tous côtés, comme les poissons rouges du vase qu'elle se rappelait avoir renversé par accident la semaine précédente.

— Oh ! je vous demande bien pardon ! s'écria-t-elle toute confuse, et elle se mit à les ramasser bien vite, car l'accident arrivé aux poissons rouges lui trottait dans la tête, et elle avait une idée vague qu'il fallait les ramasser tout de suite et les remettre sur les bancs, sans quoi ils mourraient.

— Le procès ne peut continuer, dit le Roi d'une voix grave, avant que les jurés soient tous à leurs places ; *tous !* répéta-t-il avec emphase en regardant fixement Alice.

Alice regarda le banc des jurés, et vit que dans son empressement elle y avait placé le Lézard la tête en bas, et le pauvre petit être remuait la queue d'une triste façon, dans l'impossibilité de se redresser. Elle l'eut bientôt retourné et replacé convenablement.

« Non que cela soit bien important, » se dit-elle, « car je pense qu'il serait tout aussi utile au procès la tête en bas qu'autrement. »

Sitôt que les jurés se furent un peu remis de la secousse, qu'on eut retrouvé et qu'on leur eut rendu leurs ardoises et leurs crayons, ils se mirent fort diligemment à écrire l'histoire de l'accident, à l'exception du Lézard, qui paraissait trop accablé pour faire autre chose que demeurer la bouche ouverte, les yeux fixés sur le plafond de la salle.

— Que savez-vous de cette affaire-là ? demanda le Roi à Alice.

— Rien, répondit-elle.

— Absolument rien? insista le Roi.

— Rien absolument, dit Alice.

— Voilà qui est très important, dit le Roi, se tournant vers les jurés. Ils allaient écrire cela sur leurs ardoises quand le Lapin Blanc interrompant :

— Peu important, veut dire Votre Majesté, sans doute, dit-il d'un ton très respectueux, mais en fronçant les sourcils et en lui faisant des grimaces.

— Peu important, bien entendu, c'est ce que je voulais dire, répliqua le Roi avec empressement. Et il continua de répéter à demi-voix :

— Très important, peu important, peu important, très important ; comme pour essayer lequel des deux était le mieux sonnant.

Quelques-uns des jurés écrivirent "très important", d'autres, "peu important". Alice voyait tout cela, car elle était assez près d'eux pour regarder sur leurs ardoises.

« Mais cela ne fait absolument rien», pensa-t-elle.

À ce moment-là, le Roi, qui pendant quelque temps avait été fort occupé à écrire dans son carnet, cria : « Silence ! » et lut sur son carnet :

— Règle Quarante-deux : *Toute personne ayant une taille de plus d'un mille de haut devra quitter la cour.*

Tout le monde regarda Alice.

— Je n'ai pas un mille de haut, dit-elle.

— Si fait, dit le Roi.

— Près de deux milles, ajouta la Reine.

— Eh bien ! je ne sortirai pas quand même ; d'ailleurs cette règle n'est pas d'usage, vous venez de l'inventer.

— C'est la règle la plus ancienne qu'il y ait dans le livre, dit le Roi.

— Alors elle devrait porter le numéro Un.

Le Roi devint pâle et ferma vivement son carnet.

— Délibérez, dit-il aux jurés d'une voix faible et tremblante.

— Il y a d'autres dépositions à recevoir, s'il plaît à Votre Majesté, dit le Lapin, se levant précipitamment ; on vient de ramasser ce papier.

— Qu'est-ce qu'il y a dedans ? dit la Reine.

— Je ne l'ai pas encore ouvert, dit le Lapin Blanc ; mais on dirait que c'est une lettre écrite par l'accusé à … à quelqu'un.

— Cela doit être ainsi, dit le Roi, à moins qu'elle ne soit écrite à personne, ce qui n'est pas ordinaire, vous comprenez.

— À qui est-elle adressée ? dit un des jurés.

— Elle n'est pas adressée du tout, dit le Lapin Blanc ; au fait, il n'y a rien d'écrit à l'extérieur.

Il déplia le papier tout en parlant et ajouta :

— Ce n'est pas une lettre, après tout ; c'est une pièce de vers.

— Est-ce l'écriture de l'accusé ? demanda un autre juré.

— Non, dit le Lapin Blanc, et c'est ce qu'il y a de plus drôle. (Les jurés eurent tous l'air fort embarrassé.)

— Il faut qu'il ait imité l'écriture d'un autre, dit le Roi. (Les jurés reprirent l'air serein.)

— Pardon, Votre Majesté, dit le Valet, ce n'est pas moi qui ai écrit cette lettre, et on ne peut pas prouver que ce soit moi ; il n'y a pas de signature.

— Si vous n'avez pas signé, dit le Roi, cela ne fait qu'empirer la chose ; il faut absolument que vous ayez eu de mauvaises intentions, sans cela vous auriez signé, comme un honnête homme.

Là-dessus tout le monde battit des mains ; c'était la première réflexion vraiment bonne que le Roi eût faite ce jour-là.

— Cela prouve sa culpabilité, dit la Reine.

— Cela ne prouve rien, dit Alice. Vous ne savez même pas ce dont il s'agit.

— Lisez ces vers, dit le Roi.

Le Lapin Blanc mit ses lunettes.

— Par où commencerai-je, s'il plaît à Votre Majesté ? demanda-t-il.

— Commencez par le commencement, dit gravement le Roi, et continuez jusqu'à ce que vous arriviez à la fin ; là, vous vous arrêterez.

Voici les vers que lut le Lapin Blanc :

> On m'a dit que tu fus chez elle
> Afin de lui pouvoir parler,
> Et qu'elle assura, la cruelle,
> Que je ne savais pas nager !
>
> Bientôt il leur envoya dire
> (Nous savons fort bien que c'est vrai !)
> Qu'il ne faudrait pas en médire,
> Ou gare les coups de balai !
>
> J'en donnai trois, elle en prit une ;
> Combien donc en recevrons-nous ?
> (Il y a là quelque lacune.)
> Toutes revinrent d'eux à vous.
>
> Si vous ou moi, dans cette affaire,
> Étions par trop embarrassés,
> Prions qu'il nous laisse, confrère,
> Tous deux comme il nous a trouvés.
>
> Vous les avez, j'en suis certaine,
> (Avant que de ses nerfs l'accès
> Ne bouleversât l'inhumaine,)
> Trompés tous trois avec succès.
>
> Cachez-lui qu'elle les préfère ;
> Car ce doit être, par ma foi,
> (Et sera toujours, je l'espère)
> Un secret entre vous et moi.

— Voilà la pièce de conviction la plus importante que nous ayons eue jusqu'à présent, dit le Roi en se frottant les mains ; ainsi, que le jury maintenant ...

— S'il y a un seul des jurés qui puisse l'expliquer, dit Alice (elle était devenue si grande dans ces derniers instants qu'elle n'avait plus du tout peur de l'interrompre), je lui donne une pièce de dix sous. Je ne crois pas qu'il y ait un atome de sens commun là-dedans.

Tous les jurés écrivirent sur leurs ardoises : « Elle ne croit pas qu'il y ait un atome de sens commun là-dedans », mais aucun d'eux ne tenta d'expliquer la pièce de vers.

— Si elle ne signifie rien, dit le Roi, cela nous épargne un monde d'ennuis, vous comprenez ; car il est inutile d'en chercher l'explication. Et cependant je ne sais pas trop, continua-t-il en étalant la pièce de vers sur ses genoux et les regardant d'un œil ; il me semble que j'y vois quelque chose, après tout. *« Que je ne savais pas nager ! »* Vous ne savez pas nager, n'est-ce pas ? ajouta-t-il en se tournant vers le Valet.

Le Valet secoua la tête tristement.

— En ai-je l'air, dit-il. (Non, certainement, il n'en avait pas l'air, étant fait tout entier de carton.)

— Jusqu'ici c'est bien, dit le Roi ; et il continua de marmonner tout bas, *«Nous savons fort bien que c'est vrai. »* C'est le jury qui dit cela, bien sûr ! *« J'en donnai trois, elle en prit une ; »* justement, c'est là ce qu'il fit des tartes, vous comprenez.

— Mais vient ensuite : *« Toutes revinrent d'eux à vous »* dit Alice.

— Tiens, mais les voici ! dit le Roi d'un air de triomphe, montrant du doigt les tartes qui étaient sur la table.

— Il n'y a rien de plus clair que cela ; et encore : *« Avant que de ses nerfs l'accès. »* Vous n'avez jamais eu d'attaques de nerfs, je crois, mon épouse ? dit-il à la Reine.

— Jamais ! dit la Reine d'un air furieux en jetant un encrier à la tête du Lézard. (Le malheureux Jacques avait cessé d'écrire sur son ardoise avec un doigt, car il s'était aperçu que cela ne faisait aucune marque ; mais il se remit bien vite à l'ouvrage en se servant de l'encre qui lui découlait le long de la figure, aussi longtemps qu'il y en eut.)

— Non, mon épouse, vous avez trop bon air, dit le Roi, promenant son regard tout autour de la salle et souriant. Il se fit un silence de mort.

— C'est un calembour, ajouta le Roi d'un ton de colère ; et tout le monde se mit à rire.

— Que le jury délibère, ajouta le Roi, pour à peu près la vingtième fois ce jour-là.

— Non, non, dit la Reine, l'arrêt d'abord, on délibérera après.

— Cela n'a pas de bon sens ! dit tout haut Alice. Quelle idée de vouloir prononcer l'arrêt d'abord !

— Taisez-vous, dit la Reine, devenant pourpre de colère

— Je ne me tairai pas, dit Alice.

— Qu'on lui coupe la tête ! hurla la Reine de toutes ses forces.
Personne ne bougea.

— On se moque bien de vous, dit Alice (elle avait alors atteint toute sa grandeur naturelle). Vous n'êtes qu'un paquet de cartes !

Là-dessus tout le paquet sauta en l'air et retomba en tourbillonnant sur elle.

Alice poussa un petit cri, moitié de peur, moitié de colère, et essaya de les repousser.

Elle se trouva étendue sur le gazon, la tête sur les genoux de sa sœur, qui écartait doucement de sa figure les feuilles mortes tombées en voltigeant du haut des arbres ...

— Réveillez-vous, chère Alice ! lui dit sa sœur. Quel long somme vous venez de faire !

— Oh ! j'ai fait un si drôle de rêve, dit Alice ; et elle raconta à sa sœur, autant qu'elle put s'en souvenir, toutes les étranges aventures que vous venez de lire ; et, quand elle eut fini son récit, sa sœur lui dit en l'embrassant :

— Certes, c'est un bien drôle de rêve ; mais maintenant courez à la maison prendre le thé ; il se fait tard.

Alice se leva donc et s'éloigna en courant, pensant le long du chemin, et avec raison, quel rêve merveilleux elle venait de faire.

Mais sa sœur demeura assise tranquillement, tout comme elle l'avait laissée, la tête appuyée sur la main, contemplant le coucher du soleil et pensant à la petite Alice et à ses merveilleuses aventures ; si bien qu'elle aussi se mit à rêver, en quelque sorte ; et voici son rêve :

D'abord elle rêva de la petite Alice personnellement : les petites mains de l'enfant étaient encore jointes sur ses genoux, et ses yeux vifs et brillants plongeaient leur regard dans les siens. Elle entendait jusqu'au son de sa voix ; elle voyait ce singulier petit mouvement de tête par lequel elle rejetait en arrière les cheveux vagabonds qui sans cesse lui revenaient dans les yeux. Et, comme elle écoutait ou paraissait écouter, tout s'anima autour d'elle et se peupla des étranges créatures du rêve de sa jeune sœur. Les longues herbes bruissaient à ses pieds sous les pas précipités du Lapin Blanc ; la Souris effrayée faisait clapoter l'eau en traversant la mare voisine ; elle entendait le bruit des tasses, tandis que le Lièvre de Mars et ses amis prenaient leur repas qui ne finissait jamais, et la voix perçante de la Reine envoyant à la mort ses malheureux invités. Une fois encore l'enfant-porc éternuait sur les genoux de la Duchesse, tandis que les assiettes et les plats se brisaient autour de lui ; une fois encore la voix criarde du Griffon, le grincement du crayon d'ardoise du Lézard, et les cris étouffés des cochons d'Inde mis dans le sac par ordre de la cour, remplissaient les airs, en se mêlant aux sanglots que poussait au loin la malheureuse Fausse-Tortue.

C'est ainsi qu'elle demeura assise, les yeux fermés, et se croyant presque dans le Pays des Merveilles, bien qu'elle sût qu'elle n'avait qu'à rouvrir les yeux pour que tout fût changé en une triste réalité : les herbes ne bruiraient plus alors que sous le souffle du vent, et l'eau de la mare ne murmurerait plus qu'au balancement des roseaux ; le bruit des tasses deviendrait le tintement des clochettes au cou des moutons, et elle reconnaîtrait les cris aigus de la Reine dans la voix perçante du petit berger. L'éternuement du bébé, le cri du Griffon et tous les autres bruits étranges ne seraient plus, elle le savait bien, que les clameurs confuses d'une cour de ferme, tandis que le beuglement des bestiaux dans le lointain remplacerait les lourds sanglots de la Fausse-Tortue.

Enfin elle se représenta cette même petite sœur, dans l'avenir, devenue elle aussi une grande personne.

Elle se la représenta conservant, jusque dans l'âge mûr, le cœur simple et aimant de son enfance, et réunissant autour d'elle d'autres petits enfants dont elle ferait briller les yeux vifs et curieux au récit de bien des aventures étranges, et peut-être même en leur contant le songe du Pays des Merveilles du temps jadis.

Elle la voyait partager leurs petits chagrins et trouver plaisir à leurs innocentes joies, se rappelant sa propre enfance et les heureux jours d'été.

*＊

De l'autre côté du miroir

＊*＊＊＊

$*$ $*_*$

Sommaire

Préface

Enfant au cœur chatoyant et pur,
Aux yeux rêveurs et ébahis,
Bien que le temps file à vive allure
Et qu'une demi-vie nous différencie,
J'imagine ton tendre sourire illuminant
Ce récit que je t'offre par amour, mon enfant.

Je n'ai pas encore assez vu
Ton doux visage illuminé,
Ni encore assez entendu
Tes rires tintinnabuler;
Alors maintenant viens t'installer
Pour écouter mon conte de fées.

L'histoire commença un jour d'été
Où l'éclat du soleil nous éblouissait;
On entendait le tintement discret
De nos rames qui éclaboussaient.
Ce souvenir vit toujours en moi aujourd'hui
Bien que le temps sournois pousse à l'oubli.

Viens vite écouter ma narration,
Tout près de moi blotti,
Avant que n'intervienne la sommation
À aller te mettre au lit.
À l'approche du coucher, petits ou grands,
Nous sommes pour sûr tous des enfants.

Dehors, la neige drue, le givre bleu,
La tempête dans une rage intense;
À l'intérieur, l'éclat rougeâtre du feu,
Le bonheur du cocon de l'enfance.
La magie des mots t'envoutera vite,
Et tu oublieras les vents qui s'agitent.

Et malgré l'ombre d'un soupir ému
Qui transparait dans cette odyssée,
En souvenir des beaux jours révolus
Et de la gloire évanouie de l'été,
La nostalgie ne pourra gâcher
Le plaisir de notre conte de fées.

Chapitre I

La Maison du Miroir.

Ce qui était sûr, c'est que le chaton blanc n'y était pour rien : c'était entièrement de la faute du chaton noir. En effet, cela faisait un quart d'heure que le chaton blanc se faisait laver la figure par la vieille chatte (et, ma foi, supportait cela plutôt bien) ; donc vous voyez bien qu'il lui aurait été absolument impossible d'être impliqué dans ces sottises.

Voici comment Dinah s'y prenait pour laver la figure de ses enfants : d'abord, elle maintenait la pauvre bête en lui appuyant une patte sur l'oreille, puis, de l'autre patte, elle lui léchait toute la figure à rebrousse-poil en commençant par le museau.

Or, à ce moment-là, comme je viens de vous le dire, elle était en train de s'escrimer sur le chaton blanc, qui restait étendu, parfaitement immobile, et essayait de ronronner – sans doute parce qu'il sentait que c'était pour son bien.

Mais la toilette du chaton noir avait été faite au début de l'après-midi ; c'est pourquoi, tandis qu'Alice restait blottie dans un coin du grand fauteuil, en se faisant de vagues discours, à moitié endormie, le chaton s'était bien amusée avec la pelote de grosse laine qu'Alice avait essayé d'enrouler, et de la pousser dans tous les sens jusqu'à ce qu'elle fût complètement défaite. Elle était là, répandue sur le tapis, tout emmêlée, pleine de nœuds, et le chaton au beau milieu, était en train de courir après sa queue.

— Oh ! vilaine petite chose ! s'écria Alice, en prenant le chaton noir dans ses bras et en lui donnant un petit baiser pour bien lui faire comprendre qu'elle était en disgrâce.

—Vraiment, Dinah aurait dû t'apprendre de meilleures manières que ça ! Quand même Dinah, tu aurais dû l'élever un peu mieux, et tu le sais bien ! , ajouta-t-elle, en jetant un regard de reproche à la vieille chatte et en parlant de sa voix la plus en colère possible.

Après quoi elle grimpa de nouveau dans le fauteuil en prenant avec elle le chaton et la laine, et elle se remit à enrouler la pelote.

Mais elle n'allait pas très vite, car elle n'arrêtait pas de parler, tantôt à Dinah, tantôt à elle-même. Kitty restait bien sagement sur ses genoux, feignant de s'intéresser à l'enroulement de la pelote. De temps en temps elle tendait une de ses pattes et touchait doucement la pelote, comme pour montrer qu'elle aurait été heureuse d'aider la fillette si elle avait pu.

— Sais-tu quel jour nous serons demain, Kitty ? commença Alice. Tu l'aurais deviné si tu avais été à la fenêtre avec moi tout à l'heure. Mais Dinah était en train de faire ta toilette, c'est pour ça que tu n'as pas pu venir. Je regardais les garçons qui ramassaient du bois pour le feu de joie, et il faut beaucoup de bois, Kitty ! Seulement, voilà, il s'est mis à faire si froid et à neiger si fort qu'ils ont été obligés d'y renoncer. Mais ça ne fait rien, Kitty, nous irons admirer le feu de joie demain.

À ce moment, Alice enroula deux ou trois tours de laine autour du cou du chaton, juste pour voir de quoi il aurait l'air. Il en résulta une légère bousculade au cours de laquelle la pelote tomba par terre, et plusieurs mètres de laine se déroulèrent à nouveau.

— Figure-toi, Kitty, continua Alice dès qu'elles furent de nouveau confortablement installées, que j'étais si furieuse en pensant à toutes les bêtises que tu as faites aujourd'hui, que j'ai failli ouvrir la fenêtre pour te mettre dehors dans la neige ! Tu l'aurais bien mérité, petite coquine chérie !

— Qu'as-tu à dire pour ta défense ? Je te prie de ne pas m'interrompre ! continua-t-elle en levant un doigt. Je vais te dire tout ce que tu as fait de mal. Premièrement : tu as crié deux fois ce matin pendant que Dinah te lavait la figure. Inutile d'essayer de nier, Kitty, car je t'ai entendue !

— Qu'est-ce que tu dis ? poursuivit-elle (en faisant semblant de croire que Kitty venait de parler). Elle t'a mis sa patte dans l'œil ? Et bien c'est ta faute, parce que tu avais gardé les yeux ouverts. Si tu les avais tenus bien fermés, ça ne te serait pas arrivé. Maintenant arrête de chercher d'autres excuses et écoute-moi !

— Deuxièmement : tu as tiré Perce-Neige en arrière par la queue juste au moment où je venais de mettre une soucoupe de lait devant elle ! Comment ? Tu dis que tu avais soif ? Et comment sais-tu si elle n'avait pas soif, elle aussi ? Enfin, troisièmement : tu as complètement défait ma pelote de laine pendant que je ne regardais pas !

— Ça fait trois bêtises, Kitty, et tu n'as encore été punie pour aucune d'elles. Tu sais que je réserve toutes tes punitions pour mercredi prochain. Imagine si on réservait toutes mes punitions à moi, continua-t-elle, plus pour elle-même que pour le chaton, qu'est-ce qu'on pourrait bien me faire à la fin de l'année ? Je suppose qu'on m'enverrait en prison quand le jour serait venu. Ou bien... voyons... si chaque punition consistait à se passer de dîner : alors, quand ce triste jour serait arrivé, je serais obligée de me passer de cinquante dîners à la fois ! Mais, après tout, je ne devrais pas m'en faire tant que ça ! Je préférerais m'en passer que de les manger !

— Entends-tu la neige contre les vitres, Kitty ? Quel joli petit bruit elle fait ! On dirait qu'il y a quelqu'un dehors qui embrasse la fenêtre tout partout. Je me demande si la neige aime vraiment les arbres et les champs, pour qu'elle les embrasse si gentiment ? Après ça, vois-tu, elle les recouvre bien douillettement d'un édredon blanc ; et peut-être qu'elle leur dit : "Dormez, mes chéris, jusqu'à ce que l'été revienne".

— Et quand l'été revient, Kitty, ils se réveillent, s'habillent tout en vert, et ils se mettent à danser, chaque fois que le vent souffle... Oh ! comme c'est joli ! s'écria Alice, en laissant tomber la pelote de laine pour applaudir. Et je voudrais tellement que ce soit vrai ! Je trouve que les bois ont l'air tout endormis en automne, quand les feuilles deviennent marrons.

— Kitty, sais-tu jouer aux échecs ? Ne souris pas, ma chérie, ma question est sérieuse. Car tout à l'heure, pendant que nous étions en train de jouer, tu as suivi la partie comme si tu comprenais ; et quand j'ai dit : "Échec !" tu t'es mise à ronronner ! Ma foi, c'était un échec très réussi, et je suis sûre que j'aurais pu gagner si ce méchant Cavalier n'était pas venu se faufiler au milieu de mes pièces. Kitty, ma chérie, faisons semblant...

Et là, je voudrais pouvoir vous répéter tout ce qu'Alice avait coutume de dire en commençant par son expression favorite : « Faisons semblant. »

Pas plus tard que la veille, elle avait eu un long débat avec sa sœur, parce qu'Alice avait commencé à dire : « Faisons semblant d'être des rois et des reines. » ; et sa sœur, qui aimait beaucoup l'exactitude, avait prétendu que c'était impossible, étant donné qu'elles n'étaient que deux, et Alice avait été finalement obligée de dire :

— Eh bien, toi, tu peux bien être l'un d'eux, et moi, je serai tous les autres.

Un jour, elle avait causé une peur folle à sa vieille nourrice en lui criant brusquement dans l'oreille :

— Nounou ! faisons semblant que je sois une hyène affamée, et que vous soyez un os !

Mais ceci nous écarte un peu trop de ce qu'Alice disait au chaton.

— Faisons semblant que tu sois la Reine Rouge, Kitty ! Vois-tu, je crois que si tu t'asseyais en croisant les bras, tu lui ressemblerais tout à fait. Allons, essaie, pour me faire plaisir !

Là-dessus, Alice prit la Reine Rouge de la table, et la mit devant Kitty pour lui servir de modèle. Mais cette tentative échoua, surtout, prétendit Alice, parce que le chaton refusait de croiser les bras correctement. Alors pour la punir, Alice la tint devant le miroir afin de lui montrer comme elle avait l'air boudeur.

— Et si tu n'es pas sage tout de suite, ajouta-t-elle, je te fais passer dans la Maison du Miroir. Qu'est-ce que tu dirais de ça ? Allons, Kitty, si tu veux bien m'écouter, au lieu de bavarder sans arrêt, je te dirai toutes mes idées sur la Maison du Miroir.

— D'abord, il y a la pièce que tu peux voir à travers le miroir. Elle est exactement identique à notre salon, mais les choses sont en sens inverse. Je veux la voir tout entière quand je grimpe sur une chaise... tout entière, sauf la partie qui est juste derrière la cheminée. Oh ! je meurs d'envie de la voir ! Je voudrais tant savoir s'ils font du feu en hiver vois-tu, on n'est jamais fixé à ce sujet, sauf quand notre feu se met à fumer, car alors, la fumée monte aussi dans cette pièce-là... Mais peut-être qu'ils font semblant, pour qu'on s'imagine qu'ils ont un feu. Tiens, tu vois, les livres ressemblent pas mal à nos livres, mais les mots sont dans le mauvais sens - je le sais bien parce que j'ai tenu une fois un de nos livres devant le miroir, et, quand on fait ça, ils tiennent aussi un livre dans l'autre pièce.

— Aimerais-tu vivre dans la Maison du Miroir, Kitty ? Je me demande si on te donnerait du lait là-bas. Peut-être que le lait du

Miroir n'est pas bon à boire, mais ... Oh ! Kitty ! maintenant nous arrivons au couloir. On peut à peine distinguer un petit bout du couloir de la Maison du Miroir quand on laisse la porte de notre salon grande ouverte. Et ce qu'on aperçoit ressemble beaucoup à notre couloir à nous, mais, vois-tu, peut-être qu'il est tout à fait différent un peu plus loin.

— Oh ! Kitty ! ce serait formidable si on pouvait entrer dans la Maison du Miroir ! Je suis sûre qu'il y a plein de choses merveilleuses à l'intérieur ! Faisons semblant de pouvoir y entrer, d'une façon ou d'une autre. Faisons semblant que le verre soit devenu aussi doux que du coton pour que nous puissions passer à travers. Mais, ma parole, voilà qu'il se transforme en une sorte de brouillard ! Ça va donc être assez facile de passer à travers...

Pendant qu'elle disait ces mots, elle se trouvait debout sur le dessus de la cheminée, sans trop savoir comment elle était arrivée là. Et, en vérité, le verre commençait véritablement à disparaître, exactement comme une brume d'argent brillante.

Un instant plus tard, Alice avait traversé le verre et avait sauté avec légèreté dans la pièce du Miroir.

Avant de faire quoi que ce soit d'autre, elle regarda s'il y avait du feu dans la cheminée, et elle fut ravie de voir qu'il y avait un vrai feu qui flambait avec autant d'éclat que celui qu'elle avait laissé derrière elle.

« Ainsi donc j'aurai aussi chaud ici que dans notre salon », pensa Alice ; « plus chaud même, parce qu'il n'y aura personne ici pour me gronder si je m'approche du feu. Oh ! comme ce sera drôle, lorsque mes parents me verront à travers le Miroir et qu'ils ne pourront pas m'attraper ! »

Ensuite, elle commença à observer autour d'elle, et elle remarqua que tout ce qu'on pouvait voir à travers le miroir depuis la pièce d'où elle venait était très ordinaire et sans intérêt, mais que tout le reste était totalement différent.

Par exemple, les tableaux accrochés au mur à côté du feu avaient tous l'air d'être vivants, et la pendule qui était sur le dessus de la cheminée (celle dont on ne voit que le derrière à travers le Miroir) avait le visage d'un petit vieux qui regardait la fillette en souriant.

« Ils ne rangent pas cette pièce aussi bien que l'autre » se dit Alice, en voyant que plusieurs pièces du jeu d'échecs se trouvaient dans le foyer au milieu des cendres.

Mais un instant plus tard, alors qu'elle était à quatre pattes pour les observer, elle poussa un petit cri de surprise : les pièces du jeu d'échecs se promenaient deux par deux !

— Voici le Roi Rouge et la Reine Rouge, dit Alice (à voix très basse, de peur de les effrayer) ; et voilà le Roi Blanc et la Reine Blanche assis au bord de la pelle à charbon. Et voilà deux Tours qui s'en vont bras dessus, bras dessous... Je ne crois pas qu'ils puissent m'entendre, continua-t-elle, en baissant un peu plus la tête, et je suis presque certaine qu'ils ne peuvent pas me voir. J'ai l'impression d'être invisible...

À ce moment, elle entendit un couinement sur la table, et tourna la tête juste à temps pour voir l'un des Pions Blancs se renverser et se mettre à gigoter : elle le regarda avec beaucoup de curiosité pour voir ce qui allait se passer.

— C'est la voix de mon enfant ! s'écria la Reine Blanche en passant en trombe devant le Roi qu'elle fit tomber dans les cendres. Lily mon trésor ! Mon impérial petit chou!

Et elle se mit à grimper comme une folle le long du garde-feu.

— Impériale petite peste ! dit le Roi en frottant son nez meurtri par sa chute. (Il avait le droit d'être un peu fâché contre la Reine, car il se trouvait couvert de cendre de la tête aux pieds).

Alice était fort désireuse de se rendre utile, et comme la petite Lily criait tellement qu'elle menaçait d'avoir des convulsions, elle se hâta de prendre la Reine et de la mettre sur la table à côté de sa bruyante petite fille.

La Reine prit une grande inspiration et s'assit : ce rapide voyage dans les airs lui avait complètement coupé le souffle, et, pendant une ou deux minutes, elle ne put rien faire d'autre que serrer la petite Lily dans ses bras sans dire un mot.

Dès qu'elle eut un peu retrouvé son souffle, elle cria au Roi Blanc qui était assis dans les cendres l'air boudeur :

— Attention au volcan !

— Quel volcan ? demanda le Roi, en regardant le feu de cheminée avec inquiétude, comme s'il jugeait que c'était l'endroit le plus propice à contenir un cratère en éruption.

— Il m'a... fait... sauter... en l'air, dit la Reine encore essoufflée. Faites bien attention à monter... de façon habituelle... ne vous laissez pas projeter en l'air !

Alice regarda le Roi Blanc grimper lentement d'une barre à l'autre, puis elle finit par dire :

— Mais vous allez mettre des heures et des heures avant d'arriver à la table, à cette allure ! Ne croyez-vous pas qu'il vaille mieux que je vous aide?

Le Roi ne fit pas attention à sa question : il était clair qu'il ne pouvait ni l'entendre ni la voir.

Alors Alice le prit très doucement, et le souleva beaucoup plus lentement qu'elle n'avait soulevé la Reine, afin de ne pas lui couper le souffle. Mais avant de le poser sur la table, elle crut qu'elle ferait bien de l'épousseter un peu, car il était tout couvert de cendre.

Elle raconta par la suite que jamais elle n'avait vu de grimace semblable à celle que fit le Roi lorsqu'il se trouva tenu en l'air et épousseté par une main invisible.

Il était beaucoup trop stupéfait pour crier, mais ses yeux et sa bouche devinrent de plus en plus grands, de plus en plus ronds, et

Alice se mit à rire si fort que sa main tremblante faillit le laisser tomber sur le plancher.

— Oh ! je vous en prie, ne faites pas des grimaces pareilles, mon cher ! , s'écria-t-elle, en oubliant que le Roi ne pouvait pas l'entendre. Vous me faites tellement rire que c'est tout juste si j'ai la force de vous tenir ! Et ne gardez pas la bouche si grande ouverte ! Toute la cendre va y entrer ! Là, je crois que vous êtes assez propre , ajouta-t-elle, en lui lissant les cheveux.

Puis elle le posa sur la table à côté de la Reine.

Le Roi tomba immédiatement sur le dos de tout son long et demeura parfaitement immobile. Alice, un peu alarmée par ce qu'elle avait fait, se mit à arpenter la pièce pour voir si elle pouvait trouver un peu d'eau pour la lui jeter au visage. Mais elle ne trouva qu'une bouteille d'encre.

Quand elle revint avec sa bouteille, elle vit que le Roi s'était bien remis, et que la Reine et lui parlaient d'une voix terrifiée, si bas qu'elle avait du mal à entendre leurs propos.

Le Roi disait :

— Je vous assure ma chère amie, que j'en ai été glacé jusqu'à l'extrémité de mes moustaches !

Ce à quoi la Reine répliqua :

— Vous n'avez pas de moustache, voyons !

— Jamais, au grand jamais, poursuivit le Roi, je n'oublierai l'horreur de cette minute.

— Oh, que si ! dit la Reine, vous l'oublierez si vous n'en prenez pas note.

Alice regarda avec beaucoup d'intérêt le Roi tirer de sa poche un énorme carnet sur lequel il commença à écrire. Une idée lui vint brusquement à l'esprit : elle s'empara de l'extrémité du crayon qui dépassait de l'épaule du Roi, et elle se mit à écrire à sa place.

Le pauvre Roi prit un air perplexe et malheureux, et, pendant quelque temps, il lutta contre son crayon sans dire un mot. Mais Alice était trop forte pour lui, aussi finit-il par dire d'une voix haletante :

— Ma chère amie ! Il faut absolument que je trouve un crayon plus mince que celui-ci ! Je ne peux pas diriger celui-ci, il écrit toutes sortes de choses que je n'ai jamais eu l'intention...

— Quelles sortes de choses ? demanda la Reine, en regardant le carnet (sur lequel Alice avait écrit : « Le Cavalier Blanc est en train de glisser le long du tisonnier. Il est en déséquilibre. ») Ce n'est certainement pas une note au sujet de ce que vous avez ressenti !

Sur la table, tout près d'Alice, il y avait un livre. Elle s'asseya, en gardant toujours un oeil sur le Roi Blanc, (car elle était encore un peu inquiète à son sujet, et se tenait prête à lui jeter de l'encre à la figure au cas où il s'évanouirait de nouveau), et se mit à tourner les pages pour trouver un passage qu'elle pût lire... « Car c'est écrit dans une langue que je ne connais pas » se dit-elle.

Et voici ce qu'elle avait sous les yeux :

JABBERWOCKY

L'était brillour, les froissués croues
Qui sur la ploirse gyraient et vriblaient;
Tout frigésables étaient les borogoves,
Et les verchons fourgus murmuflaient.

Elle se cassa la tête là-dessus pendant un certain temps, puis, brusquement, une idée lumineuse lui vint à l'esprit :

« Mais bien sûr ! c'est un livre Miroir ! Si je le tiens devant un miroir, les mots seront de nouveau dans le bon sens. »

Et voici le poème qu'elle lut :

JABBERWOCKY

L'était brillour, les froissives croves
Qui sur la ploinse gyraient et vrizaient;
Tout frigésables étaient les borogoves,
Et les verchons terdus muchiflaient.

"Prends garde au Jabberwock, mon fils!
Sa gueule qui mord, ses griffes qui happent!
Prends garde à l'oiseau Jubjub, fuis
Le furibourieux Bandersnatch!"

Il saisit son épée vorplesque :
Chercha longtemps l'ennemi manx;
Puis se posa sous l'arbre Tumtèque,
Pour y réfléchir un instant.

Ainsi songeant subrichement,
Le Jabberwock aux yeux de feu,
Du bois frobu surgit rufflant,
Et trusilla à qui mieux mieux.

Une, deux ! Une, deux ! Tranchant partout
La lame vorplesque fit shlick et svlan !
Il l'achèva, brandit sa tête
En se rentrant galophriant.

"As-tu occis le Jabberwock?
Viens dans mes bras mon fils fièrois !
O jour frabieux ! Callouh ! Calloc !"
Il s'espouffait, regli de joie.

L'était brillure, les froissives croves
Qui gyraient et rublaient dans l'aye;
Tout misbeux étaient les borogoves,
Et les bouraves s'accroniflaient.

« Ça a l'air très joli, dit Alice, quand elle eut fini de lire, mais c'est assez difficile à comprendre ! » (Voyez-vous, elle ne voulait pas s'avouer qu'elle n'y comprenait absolument rien). « Ça me remplit la tête de toutes sortes d'idées, mais... je ne sais pas exactement quelles sont ces idées ! En tout cas, ce qu'il y a de clair c'est que quelqu'un a tué quelque chose. »

« Mais, oh ! » pensa-t-elle en se levant d'un bond, « si je ne me dépêche pas, je vais être obligée de repasser à travers le Miroir avant d'avoir vu à quoi ressemble le reste de la maison. Commençons par jeter un oeil au jardin ! »

Elle sortit de la pièce en un instant et descendit l'escalier au pas de course... En fait, on ne pouvait pas dire qu'elle courait, mais plutôt qu'elle avait inventé une nouvelle façon de descendre un escalier " vite et bien " selon elle. Elle se contenta de laisser le bout de ses doigts sur la rampe, et descendit en flottant doucement dans l'air, sans même toucher les marches de ses pieds.

Puis elle flotta jusqu'à l'entrée, et elle aurait franchi la porte de la même façon si elle ne s'était pas accrochée aux montants.

Elle avait un peu le vertige à force de flotter dans l'air, et elle fut contente de marcher à nouveau d'une manière naturelle.

Chapitre II

Le jardin des fleurs vivantes.

« Je verrais le jardin beaucoup mieux », se dit Alice, « si je pouvais aller au sommet de cette colline... et voici un sentier qui y mène tout droit... Enfin non, pas vraiment... », ajouta-t-elle (après avoir suivi le sentier pendant quelques mètres, et avoir pris plusieurs tournants en épingle) , « mais je suppose qu'il finira bien par y arriver. »

« Quelle façon bizarre de serpenter ! On dirait plutôt un tire-bouchon qu'un sentier ! Bon, cette fois, ce tournant mène à la colline... je suppose... Mais non, pas du tout ! Il me ramène tout droit à la maison ! Bon, dans ce cas, je vais revenir sur mes pas. »

C'est ce qu'elle fit: elle vagabonda de haut en bas, essayant un tournant après l'autre, mais, quoi qu'elle pût faire, elle revenait toujours à la maison. Et même, une fois qu'elle avait pris un tournant plus vite que d'habitude, elle se cogna contre la maison avant d'avoir pu s'arrêter.

— Il est inutile d'insister, dit Alice en regardant la maison comme si elle discutait avec elle. Je refuse de rentrer maintenant. Je sais que je serais obligée de repasser à travers le Miroir... de revenir dans le salon... et ce serait la fin de mes aventures !

Elle tourna résolument le dos à la maison, puis reprit le sentier une fois de plus, bien décidée à aller jusqu'à la colline. Pendant quelques minutes tout se passa bien; mais au moment précis où elle disait : « Cette fois-ci je vais vraiment y arriver », le sentier fit un tournant brusque et se secoua (du moins c'est ainsi qu'Alice décrivit la chose par la suite), et, un instant plus tard, elle se trouva bel et bien en train de pénétrer dans la maison.

— Oh ! ce n'est pas de chance! s'écria-t-elle. Jamais je n'ai vu une maison se mettre ainsi sur le chemin des gens ! Jamais ! »

Cependant, la colline se dressait toujours devant elle ; il n'y avait rien d'autre à faire que de recommencer.

Cette fois-ci, elle arriva devant un grand parterre de fleurs entouré de pâquerettes, où un saule pleureur poussait au beau milieu.

— Ô Lys Tigré, dit Alice, en s'adressant à un lis qui se balançait gracieusement dans le vent, comme j'aimerais que tu puisses parler.

— Nous pouvons parler, répondit le Lys Tigré ; du moins, quand il y a quelqu'un qui mérite qu'on lui adresse la parole.

Alice fut si surprise qu'elle resta sans voix pendant une bonne minute, comme si cette réponse lui avait coupé le souffle.

Finalement, comme le Lys Tigré se contentait de continuer à se balancer, elle reprit la parole et demanda d'une voix timide, presque dans un murmure:

— Et est-ce que toutes les fleurs peuvent parler ?

— Aussi bien que toi, dit le Lys Tigré, et beaucoup plus fort que toi.

— Ce n'est pas dans nos manières de parler les premières, dit une Rose, et je me demandais vraiment quand tu allais te décider parler enfin ! Je me disais : « Elle semble avoir un peu de bon sens, quoique son visage ne soit pas très intelligent ! » Malgré tout, tu es de la bonne couleur, et c'est bien ça le plus important.

— Sa couleur m'importe peu, remarqua le Lys Tigré, mais si ses pétales s'enroulaient un peu plus, elle serait parfaite.

Alice, qui n'aimait pas être critiquée, se mit à poser des questions :

— N'avez-vous pas peur quelquefois de rester plantées ici, sans personne pour prendre soin de vous ?

— Nous avons l'arbre au milieu, répliqua la Rose. À quoi servirait 'il d'autre ?

— Mais que pourrait-il faire si un danger survenait ? demanda Alice.

— Il fait "Brran-Brrrrrran !", s'écria une Pâquerette ; c'est pour ça qu'on dit qu'il a des branches !

— Tu ne savais pas ça ? s'exclama une autre Pâquerette.

Et, là-dessus, elles se mirent à crier toutes ensemble, jusqu'à ce que l'air fût rempli de petites voix stridentes.

— Silence, tout le monde ! ordonna le Lys Tigré, en se balançant furieusement dans tous les sens et en tremblant de colère. Elles savent que je ne peux pas les atteindre ! ajouta-t-il en haletant et en penchant sa tête frissonnante vers Alice ; sans quoi elles n'oseraient pas agir ainsi !

— Ce n'est pas grave! dit Alice d'un ton apaisant.

Puis, se penchant vers les Pâquerettes qui étaient en train de recommencer, elle murmura :

— Si vous ne tenez pas votre langue, je vous cueille !

Il y eut un silence immédiat, et plusieurs Pâquerettes roses devinrent toutes blanches.

— C'est bien vrai ! s'exclama le Lys Tigré. Les Pâquerettes sont les pires de toutes. Quand l'une d'elles commence à parler, elles s'y mettent toutes ensemble, et elles font tant de bruit qu'il y a de quoi vous faire faner !

— Comment se fait-il que vous sachiez toutes parler si bien ? demanda Alice, espérant que le lys soit de meilleure humeur grâce au compliment. Je suis déjà allée dans pas mal de jardins, mais aucune des fleurs qui s'y trouvaient ne savait parler.

— Mets ta main par terre, et tâte le sol, ordonna le Lys Tigré. Tu comprendras pourquoi.

Alice fît ce qu'on lui disait.

— La terre est très dure, dit-elle, mais je ne vois le rapport.

— Dans la plupart des jardins, déclara le Lys Tigré, ils préparent des lits trop mous, si bien que les fleurs sont toujours endormies.

Alice trouva que c'était une excellente raison, et elle fut très contente de l'apprendre.

— Je n'avais jamais pensé à ça ! s'exclama-t-elle.

— À mon avis, fit observer la Rose d'un ton sévère, tu ne penses pas du tout.

— Je n'ai jamais vu personne qui ait l'air aussi stupide, dit une Violette, si brusquement qu'Alice fît un bond, car la Violette n'avait pas parlé jusqu'alors.

— Veux-tu bien te taire ! ordonna le Lys Tigré. Comme si tu voyais qui que ce soit! Tu gardes toujours ta tête sous tes feuilles, et tu ronfles sans arrêt, tant et si bien que tu ignores ce qui se passe dans le monde, exactement comme si tu étais un simple bouton !

— Y a-t-il d'autres personnes que moi dans le jardin ? demanda Alice, qui préféra ne pas relever la dernière remarque de la Rose.

— Il y a une fleur dans ce jardin qui peut se déplacer comme toi, répondit la Rose. Je me demande comment vous vous y prenez... (« Tu es toujours en train de te poser des questions », fit remarquer le Lys Tigré), mais elle est plus touffue que toi.

— Est-ce qu'elle me ressemble ? demanda Alice vivement, car elle songeait : « Il y a une autre petite fille quelque part dans ce jardin ! »

— Et bien, elle a la même forme disgracieuse que toi, répondit la Rose ; mais elle est plus rouge... et j'ai l'impression que ses pétales sont plus courts que les tiens.

— Ses pétales sont serrés, presque comme ceux d'un dahlia, interrompit le Lys Tigré ; et non retombant n'importe comment comme les tiens.

— Mais bien sûr, ça n'est pas ta faute, ajouta gentiment la Rose. Tu commences à te faner, voilà tout... et à ce moment-là, on ne peut pas empêcher ses pétales d'être un peu en désordre.

Alice n'apprécia pas du tout cette idée, alors pour changer de conversation, elle demanda :

— Est-ce qu'elle vient quelquefois par ici ?

— Je pense que tu la verras bientôt, répondit la Rose. Elle appartient à une espèce épineuse.

— Où porte-t-elle ses épines ? demanda Alice, non sans curiosité.

— Tout autour de la tête, bien sûr, répondit la Rose. Je me demandais pourquoi tu n'en avais pas. Je croyais que c'était la règle habituelle.

— La voilà qui arrive ! cria le Pied d'Alouette. J'entends ses pas, boum, boum, boum, dans l'allée gravillonnée !

Alice regarda autour d'elle avec impatience, et s'aperçut que c'était la Reine Rouge.

— Comme elle a grandi ! s'exclama-t-elle.

En effet : lorsqu'Alice l'avait trouvée dans la cendre, elle ne mesurait que sept centimètres... et voilà qu'à présent elle dépassait Alice d'une demi-tête !

— C'est le grand air qui fait ça, déclara la Rose c'est un air merveilleux qu'on a ici.

— J'ai bien envie d'aller à sa rencontre, dit Alice.

Car, bien que les fleurs étaient intéressantes, mais elle sentait qu'il serait bien plus merveilleux de parler à une vraie Reine.

— C'est impossible, dit la Rose. Je te conseille plutôt d'aller dans l'autre sens.

Alice trouva cela absurde, alors elle ne répondit rien, et se dirigea immédiatement vers la Reine Rouge.

À sa grande surprise, elle la perdit bientôt de vue, et se trouva de nouveau en train de passer le seuil de la maison.

Légèrement exaspérée, elle fit demi-tour, et, après avoir cherché la Reine partout (qu'elle finit par apercevoir au loin), elle décida d'essayer, cette fois-ci, de marcher dans la direction opposée.

Cela réussit admirablement. À peine avait-elle marché pendant une minute qu'elle se trouvait face à face avec la Reine Rouge, et droit devant la colline qu'elle essayait d'atteindre depuis si longtemps.

— D'où viens-tu ? demanda la Reine Rouge. Et où vas-tu ? Lève la tête, parle poliment, et ne tripote pas tes doigts sans arrêt.

Alice suivit toutes ces instructions, puis expliqua, du mieux qu'elle put, qu'elle avait perdu son chemin.

— Je ne comprends pas ce que tu insinues par ton chemin, dit la Reine Rouge ; tous les chemins qui sont ici m'appartiennent. Mais pourquoi donc es-tu venue ici ? ajouta-t-elle d'un ton plus doux. Fais la révérence pendant que tu réfléchis à ce que tu vas répondre, ça permet de gagner du temps.

Alice réfléchit un instant à ces propos, mais elle était bien trop terrifiée par la Reine pour ne pas croire ce qu'elle venait de dire.

« J'essaierai ça quand je serai de retour chez moi, pensa-t-elle, la prochaine fois où je serai un peu en retard pour le dîner ».

— Il est temps que tu me répondes, fit observer la Reine en regardant sa montre.

Ouvre la bouche un petit peu plus quand tu parles, et n'oublie pas de dire : « Votre Majesté ».

— Je voulais simplement voir comment était le jardin, Votre Majesté...

— Très bien, dit la Reine, en lui tapotant la tête, ce qui déplut beaucoup à Alice. Cependant, tu parles de « jardin », moi, j'ai vu des jardins, et en comparaison celui-ci serait un véritable désert.

Alice n'osa pas discuter sur ce point, et continua :

— et j'avais l'intention d'essayer de grimper jusqu'au sommet de cette colline ...

— Puisque tu parles de « colline », interrompit la Reine, moi, je pourrais te montrer des collines auprès desquelles celle-ci ne serait qu'une vallée pour toi.

— Certainement pas, déclara Alice, qui se surprit elle-même à la contredire. Une colline ne peut en aucun cas être une vallée. Ce serait une absurdité...

La Reine Rouge hocha la tête.

— Tu peux appeler ça « une absurdité » si ça te plaît, dit-elle. Mais, moi, j'ai entendu des absurdités auprès desquelles ceci paraîtrait aussi sensé qu'un dictionnaire !

Alice fit une autre révérence, car, d'après le ton de la Reine, elle craignait de l'avoir un peu offensée. Puis elles marchèrent en silence jusqu'au sommet de la petite colline.

Pendant quelques minutes, Alice resta sans dire un mot, à regarder de tous côtés le pays qui s'étendait devant elle... et c'était vraiment un drôle de pays.

Plusieurs minuscules ruisseaux le parcouraient d'un bout à l'autre, et l'espace entre ces ruisseaux était divisé en carrés par plusieurs petites haies perpendiculaires aux ruisseaux.

— Ma parole, on dirait exactement les cases d'un grand échiquier ! s'écria enfin Alice. Il devrait y avoir des pièces qui se déplacent quelque part... Et il y en a ! ajouta-t-elle d'un ton ravi, tandis que son cœur se mettait à battre plus vite.

— C'est une grande partie d'échecs qui est en train de se jouer... dans le monde entier... du moins, si ce que je vois est bien le monde. Oh ! comme c'est amusant ! Comme je voudrais être une des pièces ! Ça me serait égal d'être un Pion, pourvu que je puisse prendre part au jeu... mais, naturellement, je préférerais être une Reine.

Elle jeta un coup d'œil timide à la vraie Reine en prononçant ces mots, mais sa compagne se contentait de sourire aimablement et lui dit :

— C'est très facile. Si tu veux, tu peux être le Pion de la Reine Blanche, étant donné que Lily est trop jeune pour jouer. Pour commencer, tu es dans la Seconde Case, et, quand tu arriveras dans la Huitième Case, tu seras une Reine...

Juste à ce moment, on ne sait pourquoi, elles se mirent à courir.

En y réfléchissant plus tard, Alice ne put comprendre comment cela avait commencé : tout ce qu'elle se rappelle, c'est qu'elles étaient en train de courir main dans la main, et que la Reine allait si vite que la fillette avait bien du mal à se maintenir à sa hauteur.

La Reine n'arrêtait pas de crier : « Plus vite ! », et Alice sentait bien qu'il lui était absolument impossible d'aller plus vite, mais elle n'avait pas assez de souffle pour le dire.

Ce qu'il y avait de plus curieux, c'est que les arbres et tous les objets qui les entouraient ne changeaient jamais de place : elles avaient beau aller vite, elles ne dépassaient jamais quoi que ce soit.

« Je me demande si les choses se déplacent en même temps que nous ? » pensait la pauvre Alice, perplexe.

Et la Reine semblait deviner ses pensées, car elle criait :

— Plus vite ! N'essaie pas de parler !

Alice n'y songeait pas le moins du monde. Elle était tellement essoufflée qu'il lui semblait qu'elle ne serait plus jamais capable de dire un mot et la Reine criait toujours :

— Plus vite ! Plus vite ! en la tirant de toutes ses forces.

— Est-ce que nous y sommes bientôt ? parvint enfin à articuler Alice.

— Si nous y sommes bientôt ! répéta la Reine. Mais voyons, nous sommes passé devant il y a dix minutes ! Plus vite !

Elles continuèrent à courir en silence pendant quelque temps, et le vent sifflait si fort aux oreilles d'Alice qu'elle avait l'impression qu'il lui arrachait presque ses cheveux.

— Allons ! Allons ! criait la Reine. Plus vite ! Plus vite !

Elles allaient si vite qu'à la fin elles semblaient glisser dans l'air, en effleurant à peine le sol de leurs pieds.

Puis, soudainement, au moment où Alice se sentait complètement épuisée, elles s'arrêtèrent, et la fillette se retrouva assise sur le sol, hors d'haleine et tout étourdie.

La Reine l'appuya contre un arbre, puis lui dit avec douceur :

— Tu peux te reposer un peu à présent.

Alice regarda autour d'elle d'un air stupéfait.

— Mais voyons, s'exclama-t-elle, je crois vraiment que nous n'avons pas bougé de sous cet arbre ! Tout est exactement comme c'était !

— Bien sûr, dit la Reine ; comment voudrais-tu que ce fût ?

— Et bien, dans mon pays à moi, répondit Alice, encore un peu essoufflée, on arriverait généralement à un autre endroit si on courait très vite pendant longtemps, comme nous venons de le faire.

— Un drôle de pays bien lent!, répliqua la Reine. Ici, vois-tu, on doit courir tant qu'on peut pour rester au même endroit. Si on veut aller ailleurs, il faut courir au moins deux fois plus vite que ça!

— Je vous en prie, je préfèrerai ne pas essayer ! Je me trouve bien ici.... sauf que j'ai très chaud et très soif !

— Je sais ce qui te ferait plaisir ! déclara la Reine avec bienveillance, en sortant une petite boîte de sa poche. Veux-tu un biscuit ?

Alice pensa qu'il serait impoli de refuser, bien que ce n'était pas du tout ce qu'elle aurait souhaité. Elle le prit et le mangea de son mieux ; il était vraiment très sec, et elle pensa que jamais de sa vie elle n'avait été en si grand danger de s'étouffer.

— Pendant que tu es en train de te rafraîchir, reprit la Reine, je vais prendre les mesures.

Elle tira de sa poche un ruban divisé en centimètres, et se mit à mesurer le terrain, et à enfoncer de petites chevilles ici et là.

— Quand j'aurai parcouru deux mètres, dit-elle en enfonçant une cheville pour marquer la distance, je te donnerai les instructions... Un autre biscuit ?

— Non, merci ; répondit Alice, un seul me suffit largement !

— Ta soif est calmée, j'espère ? dit la Reine.

Alice ne sut que répondre à cela, mais heureusement, la Reine n'attendit pas de réponse, et continua :

— Quand je serai arrivée au troisième mètre, je te les répèterai... de peur que tu ne les oublies. Au bout du quatrième mètre, je te dirai au revoir. Et au bout du cinquième mètre, je m'en irai !

Elle avait maintenant enfoncé toutes les chevilles, et c'est avec beaucoup d'intérêt qu'Alice la regarda revenir à l'arbre, puis marcher lentement le long de la rangée de chevilles.

Arrivée à la cheville qui marquait le deuxième mètre, elle se retourna et dit :

— Un pion parcourt deux cases quand il effectue son premier déplacement. Donc, tu traverseras la Troisième Case très rapidement... probablement en train... et tu te trouveras sans tarder dans la Quatrième Case. Bon, cette case-là appartient à Tweedledum et à Tweedledee ... La Cinquième est principalement couverte d'eau... La Sixième appartient à Humpty Dumpty ... Mais tu ne dis rien ?

— Je... je ne savais pas que je devais dire quelque chose... pour l'instant du moins..., bafouilla Alice.

— Tu aurais dû dire: « C'est très aimable à vous de me donner toutes ces informations »... Enfin, supposons que tu l'aies dit... La Septième Case n'est que de la forêt... mais un des Cavaliers te montrera le chemin. Et finalement, dans la Huitième Case, on devrait être Reines toutes les deux : il y aura un grand festin et de grandes réjouissances !

Alice se leva, fit la révérence, et se rassit.

Arrivée à la cheville suivante, la Reine se retourna une fois de plus et dit :

— Parle en français quand tu ne trouves pas le mot anglais pour désigner quelque chose.... écarte tes orteils en marchant... et rappelle-toi qui tu es!

Cette fois-ci, elle ne laissa pas à Alice le temps de faire la révérence ; elle marcha très vite jusqu'à la cheville suivante, se retourna pour dire au revoir, et se dépêcha de rejoindre la dernière cheville.

Alice ne sut jamais comment cela se passa, mais, dès que la Reine parvint à la dernière cheville, elle disparut. Impossible de deviner si elle s'était évanouie dans les airs ou si elle avait couru très vite dans le bois (« et elle est capable de courir vraiment très vite ! » pensa Alice). Mais ce qu'il y a de sûr c'est qu'elle avait disparu; alors, Alice se rappela qu'elle était un pion et qu'il serait bientôt temps de se déplacer.

Chapitre III

Les insectes du Pays du Miroir.

Naturellement, la première chose à faire était d'examiner en détail le pays qu'elle allait parcourir :

« C'est un peu comme mes leçons de géographie, pensa-t-elle en se dressant sur la pointe des pieds dans l'espoir de voir un peu plus loin.

« Fleuves majeurs... il n'y en a pas. Montagnes majeures... je suis sur la seule qui existe, mais je ne crois pas qu'elle ait un nom. Villes majeures...

« Tiens, quelles sont ces créatures qui font du miel là-bas ? Ça ne peut pas être des abeilles... personne n'a jamais pu distinguer des abeilles à un kilomètre de distance... »

Et pendant quelques minutes, elle resta silencieuse à regarder l'une d'elles qui s'affairait au milieu des fleurs, dans lesquelles elle plongeait sa trompe, « exactement comme si c'était une abeille ordinaire », pensa Alice.

Cependant, c'était tout sauf une abeille ordinaire : en fait c'était un éléphant, comme Alice ne tarda pas à s'en apercevoir, bien que cette idée lui coupât le souffle tout d'abord.

« Ce que les fleurs doivent être énormes ! se dit-elle ensuite. Un peu comme des petites maisons dont on aurait enlevé le toit et qu'on aurait placées sur une tige... Et quelles quantités de miel ils doivent produire ! Je crois que je vais descendre pour...

« Non, je ne vais pas y aller tout de suite, continua-t-elle, en se retenant au moment où elle s'apprêtait à dévaler la colline, et en essayant de trouver une excuse à cette intimidation soudaine.

« Ça ne serait pas très malin de descendre au milieu d'eux sans avoir une longue branche bien solide pour les chasser... Et ce que ça sera drôle quand on me demandera si ma promenade m'a plu ! Je répondrai : Oh, il m'a beaucoup plu... (Ici, elle rejeta la tête en arrière d'un petit mouvement qui lui était familier) ; seulement il y avait beaucoup de poussière, il faisait très chaud, et les éléphants étaient insupportables !

« Je crois que je vais descendre de l'autre côté, poursuivit-elle au bout d'un moment. Puis je pourrai peut-être aller voir les éléphants un peu plus tard. D'ailleurs, il suis si impatiente d'entrer dans la Troisième Case ! »

Sur cette dernière excuse, elle descendit la colline en courant, et franchit d'un bond le premier des six ruisseaux.

— Billets, s'il vous plaît ! dit le Contrôleur en passant la tête par la vitre.

En un instant tout le monde brandit un billet : les billets étaient presque de la même taille que les voyageurs, et on aurait dit qu'ils remplissaient tout le wagon.

— Alors ! montre ton billet, petite ! continua le Contrôleur, en regardant Alice d'un air furieux.

Et plusieurs voix dirent en même temps, (« comme le refrain d'une chanson », pensa Alice) :

— Ne le fais pas attendre, petite ! Sache que son temps vaut mille livres sterling par minute !

— Je crains de ne pas avoir de billet, dit Alice d'un ton craintif ; il n'y avait pas de guichet de vente à l'endroit d'où je viens.

Et, de nouveau, les voix reprirent en chœur :

— Il n'y avait pas la place de mettre un guichet à l'endroit d'où elle vient. Là-bas, le terrain vaut mille livres le centimètre carré !

— Ne cherche pas d'excuse, dit le Contrôleur ; tu aurais dû en acheter un auprès du conducteur de train.

Et, une fois de plus, les voix reprirent en chœur :

— C'est l'homme qui conduit la locomotive. Sache que rien que la fumée vaut mille livres la bouffée !

Alice pensa : « Dans ce cas, il est inutile de parler. »

Les voix se turent cette fois-ci, étant donné qu'elle n'avait pas parlé, mais, à sa grande surprise, tous se mirent à penser en chœur (j'espère que vous savez ce que signifie penser en choeur ... car, moi, j'avoue que je l'ignore) : « Mieux vaut ne rien dire du tout. La parole vaut mille livres le mot »

« Je vais rêver de mille livres cette nuit, c'est sûr et certain » se dit Alice.

Pendant tout ce temps-là, le Contrôleur n'avait pas cessé de la regarder, d'abord au moyen d'un télescope, ensuite au moyen d'un microscope, et enfin au moyen d'une lunette de théâtre. Finalement il déclara :

— Tu voyages dans la mauvaise direction.

Il referma la vitre, et s'en alla.

— Une enfant si jeune, dit le monsieur qui était assis en face d'elle (il était vêtu de papier blanc), devrait savoir dans quelle direction elle va, même si elle ne connait pas son propre nom !

Un Bouc, qui était assis à côté du monsieur vêtu de blanc, ferma les yeux et dit à haute voix :

— Elle devrait savoir trouver un guichet de vente, même si elle ne connait pas son alphabet !

Il y avait un Scarabée assis à côté du Bouc (c'était un bien étrange groupe de voyageurs !) et, comme la règle en vigueur semblait être de parler chacun son tour, ce fut lui qui continua en ces termes :

— Elle devra de partir d'ici comme bagage !

Alice ne pouvait distinguer qui était assis de l'autre côté du Scarabée, mais ce fut une voix rauque qui parla après lui.

— Change de locomotive... , commença la voix, puis fut obligée de s'interrompre.

« Cette voix est dure comme un roc », pensa Alice.

Et une toute petite voix, tout contre son oreille, dit :

— Tu pourrais faire un jeu de mots à ce sujet... quelque chose sur "roc" et sur "rauque" vois-tu ?

Puis une voix très douce murmura au loin :

— Il faudra l'étiqueter : "Jeune fille, fragile", vous savez.

Après cela, plusieurs voix continuèrent à parler. (« C'est fou ce qu'il y a de gens dans ce wagon ! » pensa Alice).

Elles disaient : « Elle devrait voyager par la poste, puisqu'elle a une tête comme on en voit sur les timbres »... « Il faut l'envoyer par message télégraphique »... « Il devrait tirer le train derrière elle pendant tout le reste du voyage »... et ainsi de suite.

Mais le monsieur vêtu de papier blanc se pencha vers elle et lui murmura à l'oreille :

— Ne fais pas attention à ce qu'ils disent, mon enfant, et prends un billet de retour chaque fois que le train s'arrêtera.

— Je n'en ferai rien ! dit Alice d'un ton d'impatience. Je ne fais pas du tout partie de ce voyage... Tout ceci me déplait et en plus j'ai grand soif. Tout à l'heure je me trouvais dans un bois ... comme je voudrais pouvoir y revenir!

— Tu pourrais faire un jeu de mots à ce sujet, dit la petite voix tout près de son oreille, quelque chose avec " je bois " et " le bois ", vois-tu ?

— Arrêtez de me taquiner, dit Alice, en regardant vainement autour d'elle pour voir d'où la voix pouvait bien venir. Si vous vous tellement entendre un jeu de mots, pourquoi n'en faites-vous pas un vous-même ?

La petite voix soupira profondément ; il était évident qu'elle était très malheureuse, et Alice aurait prononcé quelques mots compatissants pour la réconforter, « si seulement elle soupirait comme tout le monde ! » pensa-t-elle.

Mais c'était un soupir si extraordinairement léger qu'elle ne l'aurait absolument pas entendu s'il ne s'était pas produit si près de son oreille. En conséquence, il la chatouilla terriblement, et lui fit complètement oublier le malheur de la pauvre petite créature.

— Je sais que tu es une amie, continua la petite voix, une amie précieuse, une vieille amie; et tu ne me feras pas de mal, bien que je sois un insecte.

— Quel genre d'insecte ? demanda Alice non sans inquiétude. (Ce qu'elle voulait vraiment savoir, c'était s'il piquait ou non, mais elle jugea qu'il ne serait pas très poli de le demander).

— Comment, alors tu ne... commença la petite voix ; mais elle fut étouffée par un sifflement strident de la locomotive, et tout le monde fit un bond de terreur, Alice comme les autres.

Un Cheval, qui avait passé la tête par la fenêtre, la rentra tranquillement et dit :

— Ce n'est qu'un ruisseau que nous allons sauter.

Tout le monde sembla satisfait, mais Alice se sentit un peu inquiète à l'idée que le train pouvait sauter.

« De toute façon, il nous amènera dans la Quatrième Case, ce qui est assez réconfortant ! » se dit-elle.

Un instant plus tard, elle sentit le wagon se soulever droit dans les airs, et, dans sa terreur, elle se cramponna à la première chose qui lui tomba sous la main, qui se trouva être la barbe du Bouc.

Mais la barbe sembla disparaître au moment précis où elle la touchait, et elle se retrouva assise tranquillement sous un arbre... tandis que le Moucheron (qui était l'insecte à qui elle avait parlé) se balançait sur une brindille juste au-dessus de sa tête et l'éventait de ses ailes.

À vrai dire, c'était vraiment un très gros Moucheron « à peu près de la taille d'un poulet », pensa Alice. Malgré tout, elle n'arrivait pas à avoir peur de lui, après la longue conversation qu'ils avaient eue ensemble.

— ... alors tu n'aimes pas tous les insectes ? continua le Moucheron aussi, tranquillement que si rien ne s'était passé.

— Je les aime quand ils savent parler, répondit Alice. Dans le pays d'où JE viens, aucun insecte ne parle.

— Et quels sont les insectes que tu as le plaisir de connaître dans le pays d'où tu viens ?

— Les insectes ne me procurent aucun plaisir, expliqua Alice, parce qu'ils me font plutôt peur... du moins les plus gros ... Mais je peux te dire le nom de quelques-uns d'entre eux.

— Je suppose qu'ils répondent à l'appel de leur nom ? demanda le Moucheron d'un ton négligent.

— Je ne les ai jamais vus faire cela.

— À quoi ça leur sert d'avoir un nom, s'ils ne répondent pas quand on les appelle ?

— Ça ne leur sert de rien, à eux, mais je suppose que c'est utile aux gens qui les nomment. Sans ça, pourquoi les choses auraient-elles un nom ?

— Je n'en sais rien, répondit le Moucheron. Toujours est-il que dans le bois là-bas, les choses et les êtres vivants n'ont pas de nom... Néanmoins, donne-moi ta liste d'insectes, tu perds du temps.

— Eh bien, il y a d'abord le Taon, commença Alice, en comptant les noms sur ses doigts.

— Et qu'est-ce qu'un Taon ?

— C'est une grosse mouche qui pique les chevaux, on pourrait appeler ça une Mouche-de-cheval.

— Je vois. Et bien regarde sur ce buisson : c'est une Mouche-de-cheval-à-bascule. Elle est faite entièrement de bois, et se déplace en se balançant de branche en branche.

— De quoi se nourrit-elle ? demanda Alice avec beaucoup de curiosité.

— De sève et de sciure. Continue, je t'en prie.

Alice examina la Mouche-de-cheval-à-bascule avec grand intérêt, et décida qu'on venait sans doute de la repeindre, tellement elle semblait brillante et collante.

Puis, elle reprit :

— Il y a aussi la Libellule.

— Regarde sur la branche qui est au-dessus de ta tête, et tu y verras une Libellule-biscuitée. Son corps est fait de pudding de Noël ; ses ailes, de feuilles de houx ; et sa tête est un raisin sec en train de brûler dans de l'eau-de-vie.

— Et de quoi se nourrit-elle ?

— De bouillie de froment et de tartelettes aux fruits secs ; elle fait son nid dans une boîte à cadeaux de Noël.

— Ensuite, il y a le Papillon, continua Alice, après avoir bien examiné l'insecte à la tête enflammée, tout en pensant : « Je me demande si c'est pour ça que les insectes aiment tellement voler dans la flamme des bougies.... pour essayer de cuire et se transformer en Libellules-biscuitées! »

155

— En train de ramper à tes pieds, dit le Moucheron (Alice recula ses pieds vivement avec inquiétude), se trouve un Painpillon. Ses ailes sont de minces tartines de pain beurrées, son corps est en croûte, et sa tête est un gros morceau de sucre.

— Et de quoi se nourrit-il ?

— De thé léger avec du lait.

Une nouvelle difficulté se présenta à l'esprit d'Alice :

— Et s'il ne pouvait pas trouver ni thé ni lait ? suggéra-t-elle.

— Alors il mourrait, bien sûr.

— Mais ça doit arriver très souvent, fit observer Alice d'un ton pensif.

— Ça arrive toujours, dit le Moucheron.

Là-dessus, Alice garda le silence pendant une ou deux minutes, plongée dans ses réflexions. Le Moucheron, pendant ce temps, s'amusa à tourner autour de sa tête en bourdonnant. Finalement, il se posa à nouveau et demanda :

— Je suppose que tu ne voudrais pas perdre ton nom ?

— Non sûrement pas, répondit Alice d'une voix plutôt anxieuse.

— Pourtant ça vaudrait peut-être mieux, continua le Moucheron d'un ton négligent. Songe combien ce serait commode si tu pouvais t'arranger pour rentrer chez toi sans ton nom ! Par exemple, si ta gouvernante voulait t'appeler pour te faire apprendre tes leçons, elle crierait : « Viens ici... », puis elle serait obligée de s'arrêter, parce qu'il n'y aurait plus de nom qu'elle puisse appeler, et, ainsi, tu ne serais pas obligée d'y aller.

— Ça ne se passerait pas du tout comme ça, j'en suis sûre. La gouvernante ne songerait jamais à me dispenser de mes leçons pour si peu. Si elle ne pouvait pas se rappeler mon nom, elle crierait : «Allons là-bas, Mademoiselle ! » .

— Eh bien, si elle te disait : « Allons là-bas, Mademoiselle ! » sans rien ajouter d'autre, tu t'en irais là-bas, et ainsi tu n'aurais pas à apprendre tes leçons. C'est un jeu de mots. Je voudrais bien que ce soit toi qui l'aies fait !

— Pourquoi voudrais-tu que ce soit moi qui l'aie fait ? C'est un très mauvais jeu de mots !

Mais le Moucheron se contenta de pousser un profond soupir, tandis que deux grosses larmes roulaient sur ses joues.

— Tu ne devrais pas faire de plaisanteries, dit Alice, si ça te rend si malheureux.

Il y eut un autre petit soupir mélancolique, et, cette fois, on aurait dit que le Moucheron s'était fait disparaître en soupirant, car, lorsqu'Alice leva les yeux, il n'y avait plus rien du tout sur la brindille.

Comme elle commençait à avoir très froid à force d'être restée assise sans bouger pendant si longtemps, elle se leva et se remit en route.

Bientôt, elle arriva devant un espace découvert, de l'autre côté duquel s'étendait un bois : il avait l'air beaucoup plus sombre que le bois qu'elle avait vu précédemment, et elle se sentit un tout petit peu intimidée à l'idée d'y pénétrer.

Néanmoins, après un moment de réflexion, elle décida de continuer à avancer, « car je ne veux absolument pas revenir en arrière », pensa-t-elle, et c'était le seul chemin qui menât à la Huitième Case.

« Ce doit être le bois, se dit-elle pensivement, où les choses et les êtres vivants n'ont pas de nom. Je me demande ce qui va arriver à mon nom, à moi, lorsque j'y serai entrée... Je n'aimerais pas du tout le perdre, parce qu'on serait obligé de m'en donner un autre et qu'il serait sûrement très vilain. Mais, d'un autre côté, ce que ça serait amusant de trouver la créature qui porterait mon ancien nom ! Ce serait tout à fait comme ces petites annonces qu'on voit, quand les gens perdent leur chien : « Répond au nom de Médor ; portait un collier de cuivre... » Je me vois en train d'appeler : « Alice » toutes les créatures que je rencontrerais jusqu'à ce qu'une d'elles réponde !

Mais, évidemment, elles ne répondraient pas si elles étaient malignes ».

Elle était en train de divaguer ainsi lorsqu'elle atteignit le bois qui semblait plein d'ombre fraîche.

« Ma foi, en tout cas, c'est très agréable, dit-elle en avançant sous les arbres, après avoir eu si chaud, d'arriver dans le... au fait, dans quoi ? continua-t-elle, un peu surprise de ne pas pouvoir trouver le mot.

« Je veux dire : d'arriver sous les... sous les... sous ceci, vous voyez! dit-elle en mettant la main sur le tronc d'un arbre . Comment diable est-ce que ça s'appelle ? Je crois vraiment que ça n'a pas de nom... Mais, voyons, bien sûr que ça n'en a pas ! »

Elle réfléchit en silence pendant une minute ; puis brusquement, elle reprit:

« Ainsi, ça a bel et bien fini par arriver ! Et maintenant, qui suis-je ? Je veux absolument m'en souvenir, si c'est possible ! Je suis tout à fait déterminée à m'en souvenir ! »

Mais, elle avait beau être tout à fait déterminée, cela ne lui servit pas à grand-chose ; tout ce qu'elle put trouver à dire, après s'être creusé la tête pendant un bon moment, ce fut ceci :

« L, je suis sûre que ça commence par L. ! »

Juste à ce moment-là, un Faon arriva tout près d'elle. Il regarda Alice de ses grands yeux doux, sans avoir l'air effrayé le moins du monde.

— Viens par ici! dit Alice, en tendant la main pour essayer de le caresser ; mais il se contenta de reculer un peu, puis s'arrêta pour la regarder de nouveau.

— Qu'es-tu donc ? demanda le Faon. (Quelle voix douce il avait!)

« Je voudrais bien le savoir ! » pensa la pauvre Alice. Puis, elle répondit, assez tristement :

— Je ne suis rien, pour l'instant.

— Réfléchis un peu, dit le Faon ; ça ne peut pas aller comme ça. Alice réfléchit, mais sans résultat.

— Pourrais-tu, s'il te plait, me dire ce que tu es, toi ? demanda-t-elle d'une voix timide. Je crois que ça m'aiderait un peu.

— Je te le dirai si tu viens avec moi un peu plus loin, répondit le Faon. Ici, je ne peux pas m'en souvenir.

Alice entoura tendrement de ses bras le cou du Faon au doux pelage, et tous deux traversèrent le bois.

Quand ils arrivèrent en terrain découvert, le Faon fit un bond soudain et s'arracha des bras de la fillette.

— Je suis un Faon ! s'écria-t-il d'une voix ravie. Et, mon Dieu, toi, tu es un petit être humain ! ajouta-t-il.

Une lueur d'inquiétude s'alluma brusquement dans ses beaux yeux marrons, et, un instant plus tard, il s'enfuyait à toute allure.

Alice resta immobile à le regarder, prête à pleurer de contrariété d'avoir perdu si vite son petit compagnon de voyage bien-aimé.

« Enfin, je sais mon nom à présent, se dit-elle ; c'est déjà une consolation. Alice... Alice... je ne l'oublierai plus. Et maintenant, auquel de ces poteaux indicateurs dois-je me fier ? Je me le demande. »

Il n'était pas très difficile de répondre à cette question, car il n'y avait qu'une seule route à travers le bois, et les deux poteaux indicateurs montraient la même direction.

« Je prendrai une décision, se dit Alice, lorsque la route se divisera en deux, et que les poteaux indicateurs montreront des directions différentes. »

Mais ceci semblait ne jamais devoir arriver. En effet, Alice marcha très longtemps ; mais, chaque fois que la route bifurquait, il y avait toujours deux poteaux indicateurs montrant la même direction.

Sur l'un on lisait : "VERS LA MAISON DE TWEEDLEDUM", et sur l'autre: "VERS DE TWEEDLEDEE LA MAISON".

« Je suis sûre, finit par dire Alice, qu'ils vivent dans la même maison ! J'aurais dû y penser plus tôt... Mais je ne pourrai pas m'y attarder. Je me contenterai de leur faire un petit bonjour, de leur dire : "Comment allez-vous ?" et de leur demander le chemin pour sortir du bois. Si je pouvais arriver à la Huitième Case avant la nuit ! »

Elle continua à marcher, tout en se parlant à elle-même, jusqu'à ce que, après avoir pris un tournant brusque, elle tombât tout d'un coup sur deux gros petits bonhommes.

Elle fut si surprise qu'elle ne put s'empêcher de reculer ; mais, un instant plus tard, elle reprit son sang-froid, car elle avait la certitude qu'ils devaient être...

Chapitre IV

Tweedledum et Tweedledee.

Ils se tenaient sous un arbre ; chacun d'eux avec un bras passé autour du cou de l'autre, et Alice put les différencier d'un seul coup d'œil, car l'un avait le mot "Dum" brodé sur le devant de son col, et l'autre le mot "Dee".

« Je suppose qu'ils ont tous deux "Tweedle" sur le derrière de leur col, se dit-elle. »

Ils gardaient une immobilité si parfaite qu'elle oublia presque qu'ils étaient vivants.

Elle cherchait à regarder le derrière de leur col pour savoir si elle avait deviné juste, quand elle sursauta en entendant une voix qui venait de celui qui était marqué "Dum".

— Si tu nous prends pour des personnages de cire, déclara-t-il, tu devrais payer pour nous regarder. Les personnages de cire n'ont pas été faites pour qu'on les regarde gratis. En aucune façon!

— Bien au contraire, ajouta celui qui était marqué "Dee", si tu crois que nous sommes vivants, tu devrais nous parler.

— Je vous fais toutes mes excuses, dit Alice.

Elle fut incapable d'ajouter autre chose, car les paroles de la vieille chanson résonnaient dans sa tête sans arrêt, comme le tic-tac d'une horloge, et elle avait bien du mal à s'empêcher de les réciter à haute voix :

Tweedledum et Tweedledee
Souhaitaient se battre en duel:
Car Tweedledum disait que Tweedledee
Lui avait abimé sa crécelle.

Mais un monstrueux et noir corbeau,
Plongea sur eux en fendant le vent ;
Et fit si peur aux deux héros,
Qu'ils oublièrent leur différend.

— Je sais à quoi tu es en train de penser, dit Tweedledum; mais ce n'est pas vrai, en aucune façon.

— Bien au contraire, continua Tweedledee, si c'était vrai, cela ne serait pas faux ; et en supposant que ce fût vrai, cela ne pourrait pas être faux ; mais comme ce n'est pas vrai, c'est faux. C'est logique.

— J'étais en train de me demander, dit Alice très poliment, quel est le meilleur chemin pour sortir de ce bois, car la nuit commence à tomber. Voudriez-vous me l'indiquer, s'il vous plaît ?

Mais les petits bonshommes se contentèrent de se regarder en souriant.

Ils ressemblaient tellement à deux grands écoliers qu'Alice ne put s'empêcher de montrer Tweedledum du doigt en disant :

— Vous en premier !

— En aucune façon ! s'écria vivement Tweedledum.

Puis il referma la bouche aussitôt avec un bruit sec.

— Au suivant ! fit Alice, passant à Tweedledee, bien qu'elle avait la certitude qu'il se contenterait de crier : « Bien au contraire! » ce qui ne manqua pas d'arriver.

— Tu t'y prends mal ! s'écria Tweedledum. Quand on fait une visite, on commence par demander : « Comment ça va ? » et ensuite, on se serre la main !

Là-dessus, les deux frères s'étreignirent d'un bras, et tendirent leur main libre à la fillette pour lui serrer la main.

Alice ne pouvait se résoudre à prendre d'abord la main de l'un des deux, de peur de froisser l'autre. Pour se tirer d'embarras, elle saisit leurs deux mains en même temps, et, un instant plus tard, tous les trois étaient en train de danser en rond. Elle se rappela par la suite que cela lui parut tout naturel ; elle ne fut même pas surprise d'entendre de la musique. Cette musique semblait provenir de l'arbre sous lequel ils dansaient, et elle était produite (autant qu'elle put s'en rendre compte) par les branches qui se frottaient l'une contre l'autre, comme un archet frotte les cordes d'un violon.

« Mais ce qui m'a semblé vraiment bizarre, expliqua plus tard Alice à sa sœur, lorsqu'elle lui raconta ses aventures, c'était de me trouver en train de chanter : " *Ainsi font, font, font , les petites marionnettes*". Je ne sais pas à quel moment je me suis mise à chanter, mais j'ai eu l'impression de chanter pendant très, très longtemps ! »

Les deux danseurs étaient gros, et ils furent rapidement essoufflés.

— Quatre tours suffisent pour une danse, dit Tweedledum, tout haletant.

Et ils s'arrêtèrent de danser aussi brusquement qu'ils avaient commencé. La musique s'arrêta en même temps.

Alors, ils lâchèrent les mains d'Alice, et la regardèrent pendant une bonne minute. Il y eut un silence assez gêné, car elle ne savait trop comment entamer la conversation avec des gens avec qui elle venait de danser.

« Il n'est guère possible de dire : "Comment ça va ?" maintenant, se dit-t-elle ; il me semble que nous n'en sommes plus là ! »

— J'espère que vous n'êtes pas trop fatigués ? demanda-t-elle enfin.

— En aucune façon ; et je te remercie mille fois de nous l'avoir demandé, répondit Tweedledum.

— Nous te sommes très obligés ! ajouta Tweedledee. Aimes-tu la poésie ?

— Ou-oui, assez.... du moins un certain genre de poésie, dit Alice sans conviction. Voudriez-vous m'indiquer quel chemin il faut prendre pour sortir du bois ?

163

— Que vais-je lui réciter ? demanda Tweedledee, en regardant Tweedledum avec de grands yeux sérieux, sans faire attention à la question d'Alice.

— La plus longue poésie que tu connaisses : « Le Morse et le Charpentier », répondit Tweedledum en serrant affectueusement son frère contre lui.

Tweedledee commença sans plus attendre :

« *Le soleil brillait...*»

À ce moment, Alice se risqua à l'interrompre.

— Si cette poésie est vraiment très longue, dit-elle aussi poliment qu'elle le put, pourriez-vous m'indiquer d'abord quel chemin...

Tweedledee sourit doucement et recommença :

> *Le soleil brillait sur la mer,*
> *Brillait de toute sa puissance:*
> *Il faisait de son mieux pour faire*
> *Des vagues lisses à l'éclat intense...*
> *Et le plus étrange dans tout ceci*
> *C'est qu'on était au milieu de la nuit.*
>
> *La lune était de mauvaise humeur,*
> *Parce qu'elle se disait que son confrère*
> *N'avait rien à faire ici à cette heure*
> *Où le jour avait quitté la terre...*
> *« Il est, disait-elle, très grossier*
> *De venir ainsi tout gâcher. »*
>
> *Les flots étaient tellement mouillés,*
> *Et tellement sèche était la plage.*
> *Pas un nuage ne se voyait*
> *Car il n'y avait pas de nuages.*
> *Aucun oiseau ne volait là-haut...*
> *Il n'y avait pas d'oiseau.*
>
> *Le Morse et le Charpentier*
> *Marchaient côte à côte;*
> *Ils pleuraient à faire pitié*
> *De voir le sable de la côte,*
> *Ils disaient: « Si on enlevait ce sable,*
> *Ce serait vraiment formidable! »*

« Si sept bonnes avec sept balais
Balayaient pendant une année,
Pensez-vous que cela suffirait
Dit le Morse, pour que la plage soit vidée? »
Le Charpentier répondit : « Malheureusement non »,
Et poussa un soupir profond.

« Ô Huîtres, venez marcher avec nous!
Le Morse a imploré.
On discutera gentiment de tout,
Le long du rivage salé.
Pas plus de quatre à nos côtés, afin
De pouvoir se donner la main. »

L'huître la plus âgée le regarda.
Mais elle demeura muette:
L'huître la plus âgée de l'oeil cligna,
Et secoua sa lourde tête...
Signifiant qu'elle n'avait pas choisi
De quitter ainsi son lit.

Mais quatre jeunes huîtres se sont précipitées,
Toutes désireuses de faire la fête,
Vestons brossés et visages débarbouillés,
Souliers cirés et bien nets...
Et ceci était fort singulier,
Car elles n'avaient pas de pieds.

Quatre autres huîtres suivirent aussitôt,
Et encore quatre autres;
Puis d'autres vinrent par troupeaux,
A l'appel de ce bon apôtre.
De l'écume des vagues bondissant,
Elles se précipitaient vers l'estran.

Le Morse et le Charpentier
Marchèrent ainsi une petite heure,
Puis se sont assis sur un rocher
Qui était bien à la bonne hauteur.
Et les Huîtres, groupées en rond,
Fixèrent les deux compagnons.

Le Morse dit : « C'est désormais le moment
De parler de diverses choses:
De chaussures, de navires et de gants...
De choux, de rois et de roses...
Et si la mer peut brûler...
Et si les cochons peuvent voler. »
Les Huîtres dirent : « Nous sommes trop lasses,

Attendez un peu avant de discuter,
Car nous sommes bien grasses
Et certaines d'entre nous sont essoufflées!»
« Pas de souci! » dit le Charpentier.
Et les Huîtres de le remercier.

Le Morse dit: « Une miche de pain
Nous sera nécessaire;
Le poivre et le vinaigre de vin
Feront aussi notre affaire...
Chères Huîtres quand vous y serez,
Nous pourrons commencer à manger. »

 « Vous n'allez pas nous manger, nous !
Crièrent les Huîtres horrifiées.
Jamais nous n'aurions cru que vous
Pourriez avoir pareille idée ! »
Le Morse dit : «Quelle belle nuit,
Voyez comme le soleil luit !»

« C'est si gentil de nous avoir suivis,
mes chères Huîtres si fines ! »
Le Charpentier, lui, dit ceci :
« Coupe-moi donc une tartine !
Tu dois être sourd, par ma foi...
Je te l'ai déjà dit deux fois ! »

Le Morse dit : « C'est honteux
De les avoir ainsi trompées,
Et de les manger à nous deux
Après les avoir fait tant marcher! »
Le Charpentier, lui, dit ceci :
« Passe donc le beurre par ici ! »

Le Morse dit : « Je suis navré ,
Je compatis sincèrement. ».
Avec des sanglots appuyés
Et d'intenses larmoiements.
Il tenait son mouchoir blanc
Devant ses yeux ruisselants.

« Ô Huîtres, dit le Charpentier,
Cette promenade était fort bien!
Pouvons-nous vous raccompagner ? »
Mais aucune réponse ne vint...
Bien sot qui s'en étonnerait,
Car plus une Huître ne restait.

— Je préfère le Morse, dit Alice, parce que, voyez-vous, lui, au moins, a eu pitié des pauvres huîtres.

— Ça ne l'a pas empêché d'en manger davantage que le Charpentier, fit remarquer Tweedledee. Vois-tu, il tenait son mouchoir devant lui pour que le Charpentier ne puisse pas compter combien il en prenait : tout au contraire.

— Comme c'est vilain ! s'exclama Alice, indignée. En ce cas, je préfère le Charpentier... puisqu'il en a mangé moins que le Morse.

— Mais il a mangé toutes celles qu'il a pu attraper, fit remarquer Tweedledum.

Ceci était fort embarrassant. Après un moment de silence, Alice commença :

— Ma foi ! Ils étaient tous deux des personnages bien peu sympathiques...

Ici, elle s'arrêta brusquement, alarmée en entendant un bruit qui ressemblait au halètement d'une grosse locomotive dans le bois, tout près d'eux, et qui, elle le craignit, devait venir d'une bête sauvage.

— Y a-t-il des lions ou des tigres dans les environs ? demanda-t-elle timidement.

— C'est tout simplement le Roi Rouge qui ronfle, répondit Tweedledee.

— Viens le voir ! crièrent les deux frères.

Et, prenant Alice chacun par une main, ils la menèrent à l'endroit où le Roi dormait.

— N'est-il pas adorable ? demanda Tweedledum.

Alice ne pouvait vraiment pas dire qu'elle le trouvait adorable. Il avait un grand bonnet de nuit rouge orné d'un gland, et il était tout affalé en une espèce de tas malpropre ronflant bruyamment... « si fort qu'on aurait pu croire que sa tête allait éclater ! » remarqua Tweedledum.

— J'ai peur qu'il n'attrape froid à rester couché sur l'herbe humide, dit Alice qui était une petite fille très prévenante.

— Il est en train de rêver, déclara Tweedledee et de quoi crois-tu qu'il rêve ?

— Personne ne peut deviner cela, répondit Alice.

— Mais, voyons, il rêve de toi ! s'exclama Tweedledee, en battant des mains d'un air de triomphe. Et s'il cessait de rêver de toi, où crois-tu que tu serais ?

— Où je suis à présent, bien sûr, dit Alice.

— Pas du tout ! répliqua Tweedledee d'un ton méprisant. Tu ne serais nul part, tu n'es qu'un des éléments de son rêve !

— Si ce Roi qui est là venait à se réveiller, ajouta Tweedledum, tu disparaîtrais – pouf ! – comme une bougie qu'on éteint !

— C'est faux ! protesta Alice d'un ton indigné. D'ailleurs, si je ne suis qu'un élément de son rêve, je voudrais bien savoir ce que vous êtes, vous ?

— Idem, répondit Tweedledum.

— Idem, idem ! cria Tweedledee.

Il cria si fort qu'Alice ne put s'empêcher de dire :

— Chut ! Vous allez le réveiller si vous faites tant de bruit.

— Voyons, pourquoi parles-tu de le réveiller, demanda Tweedledum, puisque tu n'es qu'un des éléments de son rêve ? Tu sais très bien que tu n'es pas réelle.

— Mais si, je suis réelle ! affirma Alice, en se mettant à pleurer.

— Tu ne te rendras pas plus réelle en pleurant, fit observer Tweedledee. D'ailleurs, il n'y a pas de quoi pleurer.

— Si je n'étais pas réelle, dit Alice (en riant à travers ses larmes, tellement tout cela lui semblait ridicule), je serais incapable de pleurer.

— J'espère que tu ne crois pas que ce sont de vraies larmes ? demanda Tweedledum avec le plus grand mépris.

« Je sais qu'ils disent des bêtises, pensa Alice, et je suis bête de pleurer. »

Là-dessus, elle essuya ses larmes, et continua aussi gaiement que possible :

— En tout cas, je ferais mieux de sortir du bois, car, vraiment, il commence à faire très sombre. Pensez-vous qu'il va pleuvoir ?

Tweedledum déploya un grand parapluie au-dessus de lui et de son frère, puis il leva les yeux.

— Non, je ne crois pas, dit-il ; du moins... pas là-dessous. En aucune façon.

— Mais il pourrait pleuvoir à l'extérieur de votre parapluie ?

— Peut-être, ... si ça veut pleuvoir, déclara Tweedledee; nous n'y voyons aucun inconvénient. Bien au contraire.

« Sales égoïstes ! » pensa Alice ; et elle s'apprêtait à leur dire : « Bonsoir » et à les laisser là, lorsque Tweedledum bondit de sous le parapluie et la saisit au poignet.

— As-tu vu ça ? demanda-t-il d'une voix que la colère étouffait.

Et ses yeux jaunes se dilatèrent brusquement, tandis qu'il montrait d'un doigt tremblant une petite chose blanche sur l'herbe au pied de l'arbre.

— Ce n'est qu'une crécelle, répondit Alice, après avoir examiné soigneusement la petite chose blanche. Une vieille crécelle, toute vieille et cassée.

— J'en étais sûr ! cria Tweedledum, en se mettant à trépigner comme un fou et à s'arracher les cheveux. Elle est abimée, naturellement !

Sur quoi, il regarda Tweedledee qui, immédiatement, s'assit sur le sol, en essayant de se cacher derrière le parapluie.

Alice le prit par le bras et lui dit d'une voix apaisante :

— Vous n'avez pas besoin de vous mettre dans un état pareil pour une vieille crécelle.

— Mais elle n'est pas vieille ! cria Tweedledum, plus furieux que jamais. Je te dis qu'elle est neuve... Je l'ai achetée hier... ma belle crécelle neuve ! (Et sa voix monta jusqu'à devenir un cri perçant).

Pendant ce temps-là, Tweedledee faisait de son mieux pour refermer le parapluie tout en étant à l'intérieur : ce qui sembla si extraordinaire à Alice qu'elle ne fit plus du tout attention au frère en colère. Mais Tweedledee ne put réussir complètement dans son entreprise, et il finit par rouler sur le sol, empaqueté dans le parapluie d'où, seule sa tête émergeait.

Après quoi il resta là, ouvrant et refermant sa bouche et ses grands yeux, « ressemblant plutôt à un poisson qu'à autre chose », pensa Alice.

— Naturellement, tu es d'accord pour que nous nous battions ? déclara Tweedledum d'un ton plus calme.

— Je suppose que oui, répondit l'autre d'une voix maussade, en sortant du parapluie à quatre pattes. Seulement, il faut qu'elle nous aide à nous habiller.

Là-dessus, les deux frères s'éloignèrent dans le bois, main dans la main, et revinrent une minute après, les bras chargés de toutes sortes d'objets, tels que : traversins, couvertures, descentes de lits, nappes, couvercles de plats et seaux à charbon.

— J'espère que tu sais comment t'y prendre pour poser des épingles et nouer des ficelles ? dit Tweedledum. Tout ce qui est là, il faut que tu le mettes sur nous, d'une façon ou d'une autre.

Alice raconta par la suite qu'elle n'avait jamais vu personne faire autant d'histoires pour si peu de chose que les deux frères. Il est impossible d'imaginer à quel point ils s'agitèrent, et la quantité de choses qu'ils se mirent sur le dos, et le mal qu'ils lui donnèrent en lui faisant nouer des ficelles et boutonner des boutons...

« Vraiment, lorsqu'ils seront prêts, ils ressembleront vraiment à deux ballots de vieux habits ! se dit-elle, en arrangeant un traversin autour du cou de Tweedledee, pour lui éviter d'avoir la tête coupée », prétendait-il.

— Vois-tu, ajouta-t-il très sérieusement, c'est une des choses les plus graves qui puissent arriver au cours d'une bataille : avoir la tête coupée.

Alice se mit à rire tout haut, mais elle réussit à transformer son rire en toux, de peur de froisser Tweedledee.

— Est-ce que je suis très pâle ? demanda Tweedledum, en s'approchant d'elle pour qu'elle lui mît son casque. (Il appelait cela un casque, mais cela ressemblait beaucoup plus à une casserole.)

— Ma foi... oui, un petit peu, répondit Alice doucement.

— En général je suis très courageux, continua-t-il à voix basse ; mais, aujourd'hui, il se trouve que j'ai mal à la tête.

— Et moi, j'ai mal aux dents ! s'exclama Tweedledee, qui avait entendu la réflexion. Je suis en bien plus mauvais état que toi !

— Dans ce cas, vous feriez mieux de ne pas vous battre aujourd'hui, fit observer Alice, qui pensait que c'était une bonne occasion de faire la paix.

— Il faut absolument que nous nous battions un peu, mais je ne tiens pas à ce que ça dure longtemps, déclara Tweedledum. Quelle heure est-il ?

— Quatre heures et demie, répondit Tweedledee en regardant sa montre.

— Battons-nous jusqu'à six heures ; ensuite nous irons dîner, proposa Tweedledum.

— Parfait, dit l'autre assez tristement. Et elle pourra nous regarder faire... Mais il vaudra mieux ne pas trop t'approcher, ajouta-t-il. En général je frappe sur tout ce que je vois... lorsque je m'emballe !

— Et moi, je frappe sur tout ce qui est à ma portée, s'écria Tweedledum, même sur ce que je ne vois pas.

Alice se mit à rire.

— Je suppose que vous devez frapper sur les arbres assez souvent, dit-elle.

Tweedledum regarda tout autour de lui en souriant de satisfaction.

— Je crois bien, déclara-t-il, que pas un seul arbre ne restera debout lorsque nous aurons fini.

— Et tout ça pour une crécelle ! s'exclama Alice, qui espérait encore leur faire un peu honte de se battre pour une broutille.

— Ça ne m'aurait pas autant contrarié, dit Tweedledum, si elle n'avait pas été neuve.

« Je voudrais bien que l'énorme corbeau arrive ! » pensa Alice.

— Il n'y a qu'une épée, dit Tweedledum à son frère ; mais tu peux prendre le parapluie... il est presque aussi pointu. Mais dépêchons-nous de commencer. Il fait de plus en plus sombre.

— Et encore plus sombre que ça, ajouta Tweedledee.

L'obscurité tombait si rapidement qu'Alice crut qu'un orage se préparait.

— Quel gros nuage noir ! s'exclama-t-elle. Et comme il arrive vite ! Ma parole, je crois vraiment qu'il a des ailes !

— C'est le corbeau ! cria Tweedledum d'une voix aiguë et terrifiée.

Là-dessus, les deux frères prirent leurs jambes à leur cou et disparurent en un instant.

Alice s'enfonça un peu dans le bois, puis elle s'arrêta sous un grand arbre.

« Jamais il ne pourra m'atteindre ici, pensa-t-elle ; il est beaucoup trop grand pour se glisser entre les arbres. Mais je voudrais bien qu'il ne batte pas des ailes si violemment... ça fait comme un véritable ouragan dans le bois... Tiens ! voici le châle de quelqu'un qui a été emporté par le vent ! »

Chapitre V

De la laine et de l'eau.

Alice attrapa le châle et chercha du regard sa propriétaire. Un instant plus tard, la Reine Blanche arrivait dans le bois, courant comme une folle, les deux bras étendus comme si elle volait. Alice, très poliment, alla à sa rencontre pour lui rendre son bien.

— Je suis très heureuse de m'être trouvée là au bon moment, dit la fillette en l'aidant à remettre son châle.

La Reine Blanche se contenta de la regarder d'un air effrayé et désemparé, tout en se répétant à voix basse quelque chose qui ressemblait à : « Tartine beurrée, tartine beurrée ».

Alice comprit alors qu'elle devait se charger d'entamer la conversation. Alors elle commença, assez timidement :

— Est-ce bien à la Reine Blanche que j'ai l'honneur de m'adresser ? Votre Majesté voudra-t-elle supporter mon habillage?

— Oui, mais quel habillage tu portes ! répondit la Reine. Ce n'est pas du tout à mon goût.

— Mais je n'ai pas besoin de ton habillage ! répondit la Reine. Je ne vois pas pourquoi je le supporterais.

Jugeant qu'il serait maladroit de commencer l'entretien par une dispute, Alice se contenta de sourire, et poursuivit :

— Si Votre Majesté veut bien m'indiquer comment je dois m'y prendre, je le ferai de mon mieux.

— Mais, je ne veux pas du tout qu'on le fasse ! gémit la pauvre Reine. J'ai déjà consacré deux heures entières à mon habillage !

Alice pensa que la Reine aurait beaucoup gagné à se faire habiller par quelqu'un d'autre, tellement elle était mal fagotée.

« Tout est complètement de travers, se dit-elle, et elle est bardée d'épingles ! »

— Puis-je vous remettre votre châle d'aplomb ? ajouta-t-elle à voix haute.

— Je ne voit pas quel est le souci ! s'exclama la Reine d'une voix mélancolique. Je crois qu'il est de mauvaise humeur. Je l'ai épinglé ici, et je l'ai épinglé là ; mais il n'y a pas moyen de le satisfaire !

— Il est impossible qu'il soit d'aplomb, si vous l'épinglez d'un seul côté, fit observer Alice, en lui arrangeant doucement son châle. Et, mon Dieu ! dans quel état sont vos cheveux !

— La brosse à cheveux s'est emmêlée dedans ! dit la Reine en poussant un soupir. Et j'ai perdu le peigne hier.

Alice dégagea la brosse avec précaution, puis fit de son mieux pour arranger les cheveux.

— Voilà ! vous avez meilleure allure à présent ! dit-elle, après avoir changé de place presque toutes les épingles. Mais, vraiment, vous devriez prendre une femme de chambre !

— Je te prendrais certainement avec grand plaisir ! déclara la Reine. Trois sous par semaine, et de la confiture tous les deux jours.

Alice ne put s'empêcher de rire et dit :

— Je ne veux pas entrer à votre service... et je n'aime pas beaucoup la confiture.

— C'est de la très bonne confiture, insista la Reine.

— En tout cas, je n'en veux pas aujourd'hui.

— Tu n'en aurais pas, même si tu en voulais, dit la Reine. La règle est la suivante : confiture demain et confiture hier... mais jamais de confiture aujourd'hui.

— Ça doit bien finir par arriver à : confiture aujourd'hui, objecta Alice.

— Non, jamais. C'est : confiture tous les deux jours ; or aujourd'hui, ce n'est pas le deuxième jour.

— Je ne vous comprends pas. C'est terriblement confus !

— C'est toujours ainsi lorsqu'on vit à reculons, fit observer la Reine d'un ton bienveillant. Au début cela vous fait toujours tourner la tête...

— Vivre à reculons ! répéta Alice, stupéfaite. Je n'ai jamais entendu parler d'une chose pareille !

— ... mais cela présente un grand avantage : la mémoire opère dans les deux sens.

— Je suis certaine que ma mémoire à moi n'opère que dans un seul sens, affirma Alice. Je ne peux pas me rappeler les choses avant qu'elles n'arrivent.

— Une mémoire qui n'opère que dans le passé n'a rien de bien fameux, déclara la Reine.

— Et vous, quelles choses vous rappelez-vous le mieux ? osa demander Alice.

— Oh, des choses qui se sont passées dans quinze jours, répondit la Reine d'un ton négligent. Par exemple, en ce moment, continua-t-elle, en appliquant un grand bandage sur son doigt tout en parlant, il y a l'affaire du Messager du Roi. Il se trouve actuellement en prison, parce qu'il est puni ; or le procès ne commencera pas avant mercredi prochain ; et, naturellement, il commettra son crime après tout le reste.

— Et s'il ne commettait jamais son crime ? demanda Alice.

— Alors tout serait pour le mieux, n'est-ce pas ? répondit la Reine, en fixant le bandage autour de son doigt avec un bout de ruban.

Alice sentit qu'il était impossible de nier cela.

— Bien sûr, ça n'en irait que mieux, dit-elle. Mais ce qui n'irait pas mieux, c'est qu'il soit puni.

— Là, tu te trompes complètement. As-tu déjà été punie ?

— Oui, mais uniquement pour des fautes que j'avais commises, ce qui fait toute la différence.

— Et je sais que tu ne t'en trouvais que mieux affirma la Reine d'un ton de triomphe.

— Oui, mais j'avais vraiment fait les choses pour lesquelles j'étais punie. C'est complètement différent.

— Mais si tu ne les avais pas faites, ça aurait été encore bien mieux ; bien mieux, bien mieux, bien mieux ! (Sa voix monta à chaque « bien mieux », jusqu'à devenir un cri perçant).

Alice venait de commencer à dire : « Il y a une erreur quelque part... » lorsque la Reine se mit à hurler si fort qu'elle ne put achever sa phrase.

— Oh, oh, oh ! cria-t-elle en secouant sa main comme si elle avait voulu la détacher de son bras. Mon doigt saigne ! oh, oh, oh, oh !

Ses cris ressemblaient tellement au sifflet d'une locomotive qu'Alice dut se boucher les deux oreilles.

— Mais qu'avez-vous donc ? demanda-t-elle, dès qu'elle put trouver l'occasion de se faire entendre. Vous êtes-vous piqué le doigt ?

— Je ne me le suis pas encore piqué, répondit la Reine, mais je vais me le piquer bientôt... oh, oh, oh !

— Quand cela va-t-il vous arriver ? demanda Alice, qui avait grande envie de rire.

— Quand je fixerai de nouveau mon châle avec ma broche, gémit la pauvre Reine, la broche s'ouvrira immédiatement. Oh, oh!

Comme elle disait ces mots, la broche s'ouvrit brusquement, et la Reine la saisit d'un geste frénétique pour essayer de la refermer.

— Faites attention ! cria Alice. Vous la tenez tout de travers !

Elle saisit la broche à son tour ; mais il était trop tard : l'épingle avait glissé, et la Reine s'était piqué le doigt.

— Vois-tu, cela explique pourquoi je saignais tout à l'heure, dit-elle à Alice en souriant. Maintenant tu comprendras comment les choses se passent ici.

— Mais pourquoi ne criez-vous pas maintenant? demanda Alice, tout en s'apprêtant à se boucher les oreilles une deuxième fois.

— Voyons, j'ai déjà poussé tous les cris que j'avais à pousser, répondit la Reine. À quoi cela servirait-il de tout recommencer ?

À présent, il faisait jour de nouveau.

— Je suppose que le corbeau a dû s'envoler, dit Alice. Je suis si contente qu'il soit parti. Quand il est arrivé, j'ai cru que c'était la nuit qui tombait.

— Comme je voudrais pouvoir être contente ! s'exclama la Reine. Seulement, voilà, je ne peux pas me rappeler la règle qu'il faut appliquer. Tu dois être très heureuse de vivre dans ce bois et d'être contente chaque fois que ça te plaît !

— Malheureusement je me sens si seule ici ! déclara Alice d'un ton mélancolique.

Et, à l'idée de sa solitude, deux grosses larmes roulèrent sur ses joues.

— Oh, je t'en supplie, arrête ! s'écria la pauvre Reine en se tordant les mains de désespoir. Pense que tu es une fille bien. Pense au long chemin que tu as parcouru aujourd'hui. Pense à l'heure qu'il est. Pense à n'importe quoi, mais ne pleure pas !

En entendant cela, Alice ne put s'empêcher de rire à travers ses larmes.

— Êtes-vous capable de vous empêcher de pleurer en pensant à certaines choses ? demanda-t-elle.

— Bien sûr, c'est ainsi qu'il faut s'y prendre, répondit la Reine d'un ton péremptoire. Vois-tu, personne ne peut faire deux choses à la fois. D'abord, pensons à ton âge... quel âge as-tu ?

— J'ai sept ans; en vrai j'ai sept ans et demi.

— Inutile de dire : « en vrai ». Je te crois. Et maintenant voici ce que toi tu dois croire: j'ai exactement cent un ans, cinq mois, et un jour.

— Je ne peux pas croire cela ! s'exclama Alice.

— Vraiment ? dit la Reine d'un ton de pitié. Essaie de nouveau: respire profondément et ferme les yeux.

Alice se mit à rire.

— Inutile d'essayer, répondit-elle : on ne peut pas croire des choses impossibles.

— Je suppose que tu manques d'entraînement. Quand j'avais ton âge, je m'exerçais à cela une demi-heure par jour. Il m'est arrivé quelquefois de croire jusqu'à six choses impossibles avant le petit déjeuner. Voilà mon châle qui s'en va de nouveau !

La broche s'étant défaite pendant que la Reine parlait, un coup de vent soudain avait emporté son châle de l'autre côté d'un petit ruisseau. Elle étendit de nouveau les bras, et couru le chercher, cette fois, elle réussit à l'attraper toute seule.

— Je l'ai ! s'écria-t-elle d'un ton triomphant. Maintenant, je vais l'épingler moi-même, tu vas voir !

— Alors j'espère que votre doigt va mieux ? dit Alice très poliment, en traversant le petit ruisseau pour la rejoindre.

— Oh ! beaucoup mieux, ma belle ! cria la Reine dont la voix se fit de plus en plus aiguë à mesure qu'elle continuait :

— Beaucoup mieux, ma belle ! ma bê-êlle bê-ê-ê-lle ! bê-ê-êh !

Le dernier mot fut un long bêlement qui ressemblait tellement à celui d'une brebis qu'Alice sursauta.

Elle regarda la Reine qui lui sembla s'être brusquement enveloppée de laine.

Alice se frotta les yeux, puis regarda de nouveau, sans arriver à comprendre le moins du monde ce qui s'était passé. Était-elle dans une boutique ? Et était-ce vraiment... était-ce vraiment une Brebis qui se trouvait assise derrière le comptoir ?

Elle eut beau se frotter les yeux, elle ne put rien voir d'autre : elle était bel et bien dans une petite boutique sombre, les coudes appuyés sur le comptoir, et, face à elle, se tenait bel et bien une vieille Brebis, en train de tricoter, assise dans un fauteuil, qui s'interrompait de temps à autre pour regarder Alice derrière une paire de grosses lunettes.

— Que désires-tu acheter ? demanda enfin la Brebis, en levant les yeux de sur son tricot.

— Je ne suis pas tout à fait décidée, répondit Alice très doucement. J'aimerais bien, si c'est possible, regarder d'abord tout autour de moi.

— Tu peux regarder devant toi, et sur les côtés, si tu veux ; mais tu ne peux pas regarder tout autour de toi... à moins que tu n'aies des yeux derrière la tête.

Or, il se trouvait qu'Alice n'avait pas d'yeux derrière la tête. Aussi se contenta-t-elle de faire demi-tour et d'examiner les rayons à mesure qu'elle en approchait.

La boutique semblait pleine de toutes sortes de choses curieuses..., mais ce qu'il y avait de plus bizarre, c'est que chaque fois qu'elle regardait fixement un rayon pour bien voir ce qui se trouvait dessus, ce même rayon était complètement vide, alors que tous les autres étaient pleins à craquer.

« Les choses courent vraiment bien vite ici ! dit-elle enfin d'un ton plaintif, après avoir passé plus d'une minute à poursuivre en vain un gros objet brillant qui ressemblait tantôt à une poupée, tantôt à une boîte à ouvrage, et qui se trouvait toujours sur le rayon juste au-dessus de celui qu'elle était en train de regarder.

«Et celle-ci est la plus exaspérante de toutes... Mais voici ce que je vais faire.... ajouta-t-elle, tandis qu'une idée lui venait brusquement à l'esprit, ... je vais la suivre jusqu'au dernier rayon du haut. Je suppose qu'elle sera très embarrassée pour passer à travers le plafond ! »

Ce projet échoua, lui aussi : la « chose » traversa le plafond le plus aisément du monde, comme si elle avait l'habitude de cet exercice.

— Es-tu une enfant ou une toupie ? demanda la Brebis en prenant une autre paire d'aiguilles. Tu vas finir par me donner le vertige si tu continues à tourner ainsi.

181

Elle travaillait à présent avec quatorze paires d'aiguilles à la fois, et Alice ne pouvait s'empêcher de la regarder d'un air stupéfait.

« Comment diable peut-elle tricoter avec tant d'aiguilles ? pensa la fillette perplexe. Plus les minutes passent, plus elle ressemble à un porc-épic ! »

— Sais-tu ramer ? demanda la Brebis, en lui tendant une paire d'aiguilles.

— Oui, un peu... mais pas sur le sol... et pas avec des aiguilles..., commença Alice.

Mais voilà que, brusquement, les aiguilles se transformèrent en rames dans ses mains, et elle s'aperçut que la Brebis et elle se trouvaient dans une petite barque en train de glisser entre deux rives ; de sorte que tout ce qu'elle put faire, ce fut de ramer de son mieux.

— Plume ! cria la Brebis, en prenant une autre paire d'aiguilles.

Cette exclamation ne semblant pas appeler une réponse, Alice garda le silence et continua à souquer ferme. Elle avait l'impression qu'il y avait quelque chose de très bizarre avec l'eau, car, de temps à autre, les rames s'y coinçaient solidement, et c'est tout juste si elle pouvait parvenir à les dégager.

— Plume ! Plume ! cria de nouveau la Brebis, en prenant d'autres aiguilles. Tu ne vas pas tarder à attraper un crabe.

« Un adorable petit crabe ! pensa Alice. Comme j'aimerais ça !»

— Ne m'as-tu pas entendu dire : « Plume » ? cria la Brebis d'une voix furieuse, en prenant tout un paquet d'aiguilles.

— Si en effet, répliqua Alice ; vous l'avez dit très souvent... et très fort. S'il vous plaît, où donc sont les crabes ?

— Dans l'eau, naturellement ! répondit la Brebis en enfonçant quelques aiguilles dans ses cheveux, car elle avait les mains trop pleines. Plume, encore une fois !

— Mais pourquoi dites-vous : « Plume » si souvent ? demanda Alice, un peu contrariée. Je ne suis pas un oiseau !

— Mais si, rétorqua la Brebis ; tu es une petite oie.

Cela ne manqua pas de blesser Alice, et, pendant une ou deux minutes, la conversation s'arrêta, tandis que la barque continuait à glisser doucement, parfois au milieu d'herbes aquatiques (et alors les rames se coinçaient dans l'eau plus que jamais), parfois encore sous des arbres, mais toujours entre deux hautes rives sourcilleuses qui se dressaient au-dessus de leurs têtes.

— Oh, je vous en prie ! Il y a des joncs fleuris, s'écria Alice dans un brusque transport de joie. C'est bien vrai... ils sont absolument magnifiques !

— Inutile de me dire : « je vous en prie », à moi, à propos de ces joncs, dit la Brebis, sans lever les yeux de sur son tricot. Ce n'est pas moi qui les ai mis là, et ce n'est pas moi qui vais les enlever.

— Non, bien sûr, mais je voulais dire... Je vous en prie, est-ce qu'on peut attendre un moment pour que j'en cueille quelques-uns ? Ca ne vous ennuierait pas d'arrêter la barque pendant une minute ?

— Comment veux-tu que je l'arrête, moi ? Tu n'as qu'à cesser de ramer, elle s'arrêtera toute seule.

Alice laissa la barque dériver au fil de l'eau jusqu'à ce qu'elle vînt glisser tout doucement au milieu des joncs qui se balançaient au souffle de la brise.

Alors, les petites manches furent soigneusement roulées et remontées, les petits bras plongèrent dans l'eau jusqu'aux coudes pour saisir les joncs aussi bas que possible avant d'en briser la tige... et, pendant un bon moment, Alice oublia complètement la Brebis et son tricot, tandis qu'elle se penchait par-dessus le bord de la barque, le bout de ses cheveux emmêlés trempant dans l'eau, les yeux brillants de convoitise, et qu'elle cueillait des poignées d'adorables joncs fleuris.

« J'espère simplement que la barque ne va pas chavirer ! se dit-elle. Oh ! celui-là ! comme il est beau ! Malheureusement je n'ai pas pu l'attraper. »

Et c'était une chose vraiment contrariante (« On croirait que c'est fait exprès », pensa-t-elle) de voir que, si elle arrivait à cueillir des quantités de joncs magnifiques, il y en avait toujours un, plus beau que tous les autres, qu'elle ne pouvait atteindre.

« Les plus jolis sont toujours trop loin de moi ! » finit-elle par dire avec un soupir, en voyant que les joncs s'entêtaient à pousser si loin. Puis, les joues toutes rouges, les cheveux et les mains dégoulinants d'eau, elle se rassit à sa place et se mit à arranger les trésors qu'elle venait de ramasser.

Les joncs avaient commencé à se faner, à perdre leur parfum et leur beauté, au moment même où elle les avait cueillis ; mais elle ne s'en souciait pas. Voyez-vous, même les vrais joncs ne durent que très peu de temps, et ceux-ci, étant des joncs de rêve, se fanaient aussi vite que la neige fond au soleil, entassés aux pieds d'Alice... mais c'est tout juste si elle s'en aperçut, car elle avait à réfléchir à beaucoup d'autres choses curieuses.

La barque n'était pas allée très loin lorsque la pale d'une des rames se coinça dans l'eau et refusa d'en sortir (c'est ainsi qu'Alice expliqua l'incident par la suite). Si bien que la poignée de la rame la frappa sous le menton et, malgré une série de petits cris que la pauvre enfant se mit à pousser, elle fut balayée de son siège et tomba sur le tas de joncs.

Elle ne se fit pas le moindre mal, et se releva presqu'aussitôt. Pendant tout ce temps-là, la Brebis avait continué à tricoter, exactement comme si rien ne s'était passé.

— Tu avais attrapé un bien joli crabe tout à l'heure ! dit-elle, tandis qu'Alice se rasseyait à sa place, fort soulagée de se retrouver dans la barque.

— Vraiment ? je ne l'ai pas vu, répondit la fillette en regardant prudemment l'eau sombre de la rivière. Je regrette qu'il soit parti... J'aimerais tellement rapporter un petit crabe à la maison !

Mais la Brebis se contenta de rire avec mépris, tout en continuant de tricoter.

— Y a-t-il beaucoup de crabes par ici ? demanda Alice.

— Il y a des crabes et toutes sortes de choses, répondit la Brebis. Tu n'as que l'embarras du choix, mais il faudrait te décider. Alors, que veux-tu acheter ?

— Acheter ! répéta Alice, d'un ton à la fois surpris et effrayé, car les rames, la barque, et la rivière, avaient disparu en un instant, et elle se trouvait de nouveau dans la petite boutique sombre.

— Je voudrais bien acheter un œuf s'il vous plaît, reprit-elle timidement. Combien les vendez-vous ?

— Dix sous pièce, et quatre sous les deux, répondit la Brebis.

— En ce cas, deux œufs coûtent moins cher qu'un seul ? demanda Alice d'un ton étonné, en prenant son porte-monnaie.

— Oui, mais si tu en achètes deux, tu es obligée de les manger tous les deux, répondit la Brebis.

— Alors, je n'en prendrai qu'un, s'il vous plaît, dit Alice en posant l'argent sur le comptoir. (« Après tout, peut-être qu'ils ne sont pas tous bien frais », pensa-t'elle.)

La Brebis ramassa l'argent et le rangea dans une boîte ; puis, elle déclara :

— Je ne mets jamais les choses dans les mains des gens... ça ne serait pas à faire... Il faut que tu prennes l'œuf toi-même.

Sur ces mots, la Brebis alla au fond de la boutique, et mit l'œuf tout droit sur l'un des rayons.

« Je me demande pourquoi ça ne serait pas à faire », pensa Alice, en se frayant un chemin à tâtons parmi les tables et les chaises, car le fond de la boutique était très sombre.

« À mesure que j'avance vers l'œuf, on dirait qu'il s'éloigne. Voyons, est-ce bien une chaise ? Mais, ma parole, elle a des branches ! Comme c'est bizarre de trouver des arbres ici ! Et il y a bel et bien un petit ruisseau ! Vraiment, c'est la boutique la plus étrange que j'aie jamais vue de ma vie ! »

Elle continua d'avancer, de plus en plus surprise à chaque pas car tous les objets devenaient des arbres lorsqu'elle arrivait à leur hauteur, et elle était sûre que l'œuf allait en faire autant.

Chapitre VI

Humpty Dumpty.

Mais l'œuf se contenta de grossir et de prendre de plus en plus figure humaine.

Lorsque Alice fut arrivée à quelques mètres de lui, elle vit qu'il avait des yeux, un nez, et une bouche ; et lorsqu'elle fut tout près de lui, elle comprit que c'était Humpty Dumpty en personne.

« Il est impossible que ce soit quelqu'un d'autre ! pensa-t-elle. J'en suis aussi sûre que si son nom était écrit sur son visage ! »

On aurait pu facilement l'écrire cent fois sur cette énorme figure. Humpty Dumpty était assis, les jambes croisées, comme un turque, au sommet d'un mur très haut (si étroit qu'Alice se demanda comment il pouvait garder son équilibre). Et comme il avait les yeux obstinément fixés dans la direction opposée et qu'il ne faisait pas la moindre attention à la fillette, elle pensa qu'il devait être empaillé.

— Comme il ressemble exactement à un œuf ! dit-elle à haute voix, tout en tenant ses mains prêtes pour l'attraper, car elle s'attendait à le voir tomber d'un moment à l'autre.

— C'est vraiment contrariant, déclara Humpty Dumpty après un long silence, toujours sans regarder Alice, d'être traité d'œuf..., extrêmement contrariant !

— J'ai dit que vous ressembliez à un œuf, monsieur, expliqua Alice gentiment. Et il y a des œufs qui sont fort jolis, vous savez, ajouta-t-elle, dans l'espoir de transformer sa remarque en une espèce de compliment.

— Il y a des gens, poursuivit Humpty Dumpty, en continuant à ne pas la regarder, qui n'ont pas plus de bon sens qu'un nourrisson !

Alice ne sut que répondre. Elle trouvait que ceci ne ressemblait pas du tout à une conversation, étant donné qu'il ne lui disait jamais rien directement. En fait sa dernière remarque s'adressait de toute évidence à un arbre. Elle resta donc sans bouger et se récita à voix basse les vers suivants :

Humpty Dumpty s'était assis sur un mur ;
Humpty Dumpty tomba sur le sol dur ;
Tous les chevaux et tous les soldats du Roi,
Ne purent remettre Humpty Dumpty à l'endroit.

— Le dernier vers est trop long par rapport aux autres, ajouta-t-elle presque à haute voix, en oubliant que Humpty Dumpty allait l'entendre.

— Ne reste pas là à jacasser toute seule, dit Humpty Dumpty en la regardant pour la première fois, mais dis-moi ton nom et ce que tu viens faire ici.

— Mon nom est Alice, mais...

— En voilà un nom bien laid, déclara Humpty Dumpty d'un ton impatienté. Pourquoi n'a-t-il aucune rime ?

— Est-ce qu'il faut vraiment qu'un nom ait une rime ? demanda Alice d'un ton hésitant.

— Naturellement, répondit Humpty Dumpty avec un rire bref. Mon nom à moi est rythmé par une rime qui lui donne du relief, de la rondeur, et cette rondeur est une très belle forme, d'ailleurs. Mais toi, avec un nom comme le tien, tu pourrais avoir presque n'importe quelle forme.

— Pourquoi restez-vous assis tout seul sur ce mur ? demanda Alice qui ne voulait pas entamer une dispute.

— Mais, voyons, parce qu'il n'y a personne avec moi ! s'écria Humpty Dumpty. Croyais-tu que j'ignorais la réponse à cette question ? Demande-moi autre chose !

— Ne croyez-vous pas que vous seriez plus en sécurité sur le sol? continua Alice, non pas dans l'intention de poser une devinette, mais simplement parce qu'elle avait bon cœur et qu'elle s'inquiétait pour cette créature bizarre. Ce mur est si étroit !

— Tu poses des devinettes d'une facilité extraordinaire ! grogna Humpty Dumpty. Bien sûr que je ne le crois pas ! Voyons, si jamais je venais à tomber de ce mur... ce qui est tout à fait improbable... mais, enfin, en admettant que j'en tombe...

À ce moment, il se pinça les lèvres, et prit un air si grave et si majestueux qu'Alice eut beaucoup de mal à s'empêcher de rire.

— En admettant que j'en tombe, continua-t-il, le Roi m'a promis... Le Roi m'a promis... de sa propre bouche... de... de...

— D'envoyer tous ses chevaux et tous ses soldats, interrompit Alice assez imprudemment.

— Ça par exemple, c'est trop fort ! s'écria Humpty Dumpty en se mettant brusquement en colère. Tu as dû écouter aux portes... et derrière les arbres... et par les cheminées... sans quoi tu n'aurais pas pu savoir ça !

— Absolument pas ! dit Alice d'une voix douce. Je l'ai lu dans un livre.

— Ah, bon ! On peut en effet écrire des choses de ce genre dans un livre, admit Humpty Dumpty d'un ton plus calme. C'est ce qu'on appelle une Histoire de l'Angleterre. Regarde-moi bien ! Je suis quelqu'un qui a parlé à un Roi, moi ; peut-être ne rencontreras-tu plus jamais quelqu'un comme moi ; et pour bien te montrer que je ne suis pas orgueilleux, je te permets de me serrer la main !

Là-dessus, il sourit presque d'une oreille à l'autre, en se penchant en avant (et il s'en fallut de peu pour qu'il ne tombe du mur), et tendit la main à Alice.

Elle la prit, tout en le regardant d'un air anxieux.

« S'il souriait plus, les coins de sa bouche se rencontreraient par-derrière », pensa-t-elle ; « et, dans ce cas, je me demande ce qui arriverait à sa tête ! J'ai bien peur qu'elle tomberait ! »

— Oui, tous ses chevaux et tous ses soldats, continua Humpty Dumpty. Sûr et certain qu'ils me relèveraient rapidement ! Mais cette conversation va un peu trop vite ; revenons à notre avant-dernière remarque.

— Je crains de ne pas m'en souvenir très bien, dit Alice poliment.

— Dans ce cas, nous pouvons recommencer, et c'est à mon tour de choisir un sujet... (« Il parle toujours comme s'il s'agissait d'un jeu ! » pensa Alice). Voici une question pour toi : quel âge as-tu dit que tu avais ?

Alice calcula pendant un court instant, et répondit :

— Sept ans et six mois.

— C'est faux ! s'exclama Humpty Dumpty d'un ton triomphant. Tu ne m'as jamais dit un mot à ce sujet !

— Je croyais que vous vouliez dire : « Quel âge as-tu ? », expliqua la fillette.

— Si j'avais voulu le dire, je l'aurais dit.

Alice garda le silence, car elle ne voulait pas entamer une autre querelle.

— Sept ans et six mois, répéta Humpty Dumpty d'un ton pensif. C'est un âge bien incommode. Vois-tu, si tu m'avais demandé conseil, à moi, je t'aurais dit : « Arrête-toi à sept ans... » Mais, à présent, il est trop tard.

— Je ne demande jamais de conseil au sujet de ma croissance, déclara Alice d'un air indigné.

— Tu es trop fière ? demanda l'autre.

Alice fut encore plus indignée en entendant ces mots.

— Je veux dire, expliqua-t-elle, qu'un enfant ne peut pas s'empêcher de grandir.

— Un enfant ne peut pas, peut-être ; mais deux enfants, peuvent. Si on t'avait aidée comme il faut, tu aurais pu t'arrêter à sept ans.

— Quelle belle ceinture vous avez ! dit Alice tout d'un coup.

(Elle jugeait qu'ils avaient suffisamment parlé de son âge ; et, s'ils devaient vraiment choisir un sujet chacun à leur tour, c'était son tour à elle, à présent).

— Du moins, continua-t-elle en se reprenant après un moment de réflexion, j'aurais dû dire c'est une belle cravate, non, je veux dire une ceinture... Oh ! je vous demande pardon ! s'exclama-t-elle, consternée, car Humpty Dumpty avait l'air profondément vexé ; et elle commença à regretter d'avoir choisi un pareil sujet.

« Si seulement je savais ce qui est la taille et ce qui est le cou ! , pensa-t-elle.»

Humpty Dumpty était manifestement furieux. Toutefois, il garda le silence pendant une bonne minute. Lorsqu'il parla de nouveau, ce fut d'une voix grommelante.

— C'est une chose vraiment exaspérante, dit-il, de voir que certaines personnes ne savent pas distinguer une cravate d'une ceinture.

— Je sais que c'est très ignorante de ma part, répondit Alice d'un ton si humble que Humpty Dumpty s'adoucit.

— C'est une cravate, mon enfant, et une très belle cravate, comme tu l'as fait remarquer toi-même. C'est un cadeau du Roi Blanc et de la Reine Blanche. Que penses-tu de ça ?

— Vraiment ? dit Alice, tout heureuse de voir qu'elle avait choisi un bon sujet de conversation.

— Ils me l'ont donnée, continua Humpty Dumpty d'un ton pensif, en croisant les jambes et en prenant à deux mains un de ses genoux, comme cadeau de non-anniversaire.

— Je vous demande pardon ? dit Alice, très intriguée.

— Je ne suis pas offensé, répondit Humpty Dumpty.

— Je veux dire : qu'est-ce que c'est qu'un cadeau de non-anniversaire ?

— C'est un cadeau qu'on vous donne quand ce n'est pas votre anniversaire, bien sûr.

Alice réfléchit un moment.

— Je préfère les cadeaux d'anniversaire, déclara-t-elle enfin.

— Tu ne sais pas ce que tu dis ! s'écria Humpty Dumpty. Combien de jours y a-t-il dans l'année ?

— Trois cent soixante-cinq, répondit la fillette.

— Et combien d'anniversaires as-tu ?

— Un seul.

— Et si tu ôtes un de trois cent soixante-cinq que reste-t-il ?

— Trois cent soixante-quatre, naturellement.

Humpty Dumpty prit un air de doute.

– J'aimerais mieux voir ça écrit sur du papier, déclara-t-il.

Alice ne put s'empêcher de sourire, tout en prenant son carnet et en posant la soustraction :

$$365$$
$$- \quad 1$$
$$----$$
$$364$$

Humpty Dumpty prit le carnet, et le regarda très attentivement.

— Ça me paraît juste..., commença-t-il.

— Vous tenez le carnet à l'envers !, interrompit Alice.

— Ma parole, mais c'est vrai ! dit gaiement Humpty Dumpty, tandis qu'elle tournait le carnet dans le bon sens. Ça m'avait l'air un peu bizarre... Comme je le disais, ça me paraît juste... quoique je n'aie pas le temps de bien vérifier... et ça te montre qu'il y a trois cent soixante-quatre jours où tu pourrais recevoir des cadeaux de non-anniversaire...

— Tout à fait, dit Alice.

— Et donc un seul jour pour les cadeaux d'anniversaire. Voilà de la gloire pour toi !

— Je ne sais pas ce que vous voulez dire par là.

Humpty Dumpty sourit d'un air méprisant :

— Bien sûr, tu ne peux pas le savoir tant que je ne t'ai pas expliqué. Je voulais dire : « Voilà un bel argument sans réplique!»

— Mais : " gloire ", ne signifie pas : " un bel argument sans réplique. ", objecta Alice.

— Quand moi, j'emploie un mot, déclara Humpty Dumpty d'un ton assez dédaigneux, il veut dire exactement ce qu'il me plaît qu'il veuille dire... ni plus ni moins.

— La question est de savoir si vous pouvez obliger les mots à vouloir dire des choses différentes.

— La question est de savoir qui sera le maître, un point c'est tout.

Alice fut trop déconcertée pour ajouter quoi que ce fût. Aussi, au bout d'un moment, Humpty Dumpty reprit :

— Il y a certains mots qui ont un caractère difficile... surtout les verbes, ce sont les plus orgueilleux... Les adjectifs, on en fait tout ce qu'on veut, mais pas les verbes... Néanmoins moi je m'arrange pour les dresser tous autant qu'ils sont ! Impénétrabilité ! Voilà ce que je dis, moi !

— Voudriez-vous me dire, je vous prie, ce que cela signifie ? demanda Alice.

— Tu parles maintenant comme une enfant raisonnable, dit Humpty Dumpty d'un air très satisfait. Par « impénétrabilité », je veux dire que nous avons assez parlé sur ce sujet, et qu'il vaudrait mieux que tu me dises ce que tu as l'intention de faire maintenant, car je suppose que tu ne tiens pas à rester ici jusqu'à la fin de tes jours.

— C'est vraiment beaucoup de choses que vous faites dire à un seul mot, fit observer Alice d'un ton pensif.

— Quand je fais beaucoup travailler un mot, comme cette fois-ci, déclara Humpty Dumpty, je le paie toujours beaucoup plus.

— Oh ! s'exclama Alice, qui était beaucoup trop stupéfaite pour ajouter autre chose.

— Ah ! faudrait que tu les voies venir autour de moi le samedi soir, continua Humpty Dumpty en balançant gravement la tête d'un côté et de l'autre; pour qu'y touchent leur paie, vois-tu.

(Alice n'osa pas lui demander avec quoi il les payait ; c'est pourquoi je suis incapable de vous l'apprendre).

— Vous avez l'air d'être très habile pour expliquer les mots, monsieur, dit-elle. Voudriez-vous être assez aimable pour m'expliquer ce que signifie le poème " *Jabberwocky* " ?

— Récite-le moi, dit Humpty Dumpty. Je peux expliquer tous les poèmes qui ont été inventés jusqu'aujourd'hui..., et un tas d'autres qui n'ont pas encore été inventés.

Ceci paraissait très encourageant ; aussi Alice récita la première strophe :

> *L'était brillour, les froissives croves*
> *Qui sur la ploinse gyraient et vrizaient;*
> *Tout frigésables étaient les borogoves,*
> *Et les verchons terdus muchiflaient.*

— Ça suffit pour commencer, interrompit Humpty Dumpty. Il y a tout plein de mots difficiles là-dedans. " brillour ", signifie quatre heures de l'après-midi, l'heure du jour où le soleil brille.

— Ça me semble parfait. Et " froissives " ?

— Eh bien, " froissives " signifie : " froides et massives ". Vois-tu, c'est un mot-valise : il y a deux sens empaquetés en un seul mot.

— Je comprends très bien maintenant, répondit Alice d'un ton pensif. Et qu'est-ce que les " croves " ?

— Eh bien, les " croves " ressemblent en partie à des blaireaux, en partie à des lézards et en partie à des tire-bouchons.

— Ce doit être des créatures bien bizarres !

— En effet ! Elles font leur nid sous les cadrans solaires, et elles se nourrissent de fromage.

— Et que signifient " gyrer " et " vrizer " ?

— " Gyrer ", c'est tourner en rond comme un gyroscope. " Vrizer ", c'est faire des trous comme une vrille ».

— Et " la ploinse ", je suppose que c'est l'espace vert autour du cadran solaire ? dit Alice, toute surprise de sa propre ingéniosité.

— Naturellement. Vois-tu, on l'appelle " la ploinse ", parce que c'est une pelouse qui s'étend loin devant et loin derrière le cadran solaire...

— Et loin sur chacun des côtés, ajouta Alice.

— Exactement. Quant à " frigésable ", cela signifie : " fragile et misérable " (encore un mot-valise). Le " borogove " est un oiseau tout maigre, d'aspect minable, avec des plumes hérissées dans tous les sens : quelque chose comme un plumeau vivant.

— Et les " verchons terdus " ? Je crains que je vous donne bien du travail avec mes questions...

— Ma foi, un " verchon " est une espèce de cochon vert ; mais, pour ce qui est de " terdus ", je ne suis pas très sûr. Je crois que ça doit vouloir dire : " totalement perdus "...

— Et que signifie " muchifler " ?

— Eh bien, " muchifler ", c'est quelque chose entre " mugir " et " siffler ", avec, au milieu, une espèce d'éternuement. Mais tu entendras peut-être muchifler, là-bas, dans le bois ; et quand tu auras entendu un seul muchiflement, je crois que tu seras très satisfaite. Qui t'a récité ces vers si difficiles ?

— Je les ai lus dans un livre. Mais quelqu'un m'a récité des vers beaucoup plus faciles que ceux-là... je crois que c'était... Tweedledee.

— Pour ce qui est de la poésie, déclara Humpty Dumpty, en tendant une de ses grandes mains, moi, je peux réciter de la poésie aussi bien que n'importe qui, si c'est nécessaire...

— Oh, mais ce n'est pas du tout nécessaire ! se hâta de dire Alice, dans l'espoir de l'empêcher de commencer.

— La poésie que je vais te réciter, continua-t-il sans faire attention à sa remarque, a été écrite uniquement pour te distraire.

Alice sentit que, dans ce cas, elle devait vraiment écouter. Elle s'assit donc et dit «merci», d'un ton assez mélancolique.

> *En hiver, quand les prés sont blancs,*
> *Pour ton plaisir, je te chante ce chant...*

— Seulement, je ne le chante pas, expliqua-t-il.
— Je vois bien que vous ne le chantez pas, répondit Alice.
— Si tu es capable de voir si je chante ou si je ne chante pas, tu as des yeux beaucoup plus perçants que ceux de la plupart des gens, dit Humpty Dumpty d'un ton sévère.

Alice garda le silence.

> *Au printemps, quand verdissent les bois,*
> *J'essaierai de te dire ce que je vois.*

— Je vous remercie bien, déclara Alice.

> *En été, quand les jours sont longs,*
> *Peut-être comprendras-tu ma chanson.*
> *En automne, quand le feuillage est brun*
> *Prends une plume et note la bien.*

— Je n'y manquerai pas, si je peux m'en souvenir jusque-là, dit Alice.

195

— Inutile de continuer à faire des remarques de ce genre, fit observer Humpty Dumpty ; elles ne sont pas pertinentes, et elles me dérangent.

Puis, il poursuivit :

J'ai envoyé un message aux poissons,
En leur disant : « Faites ainsi à ma façon. »
Les petits poissons de l'océan,
M'ont répondu rapidement.
Voici donc ce dont ils m'ont fait part
« Monsieur, ça n'est pas possible, car...»

— Je crains de ne pas très bien comprendre, dit Alice.
— La suite est beaucoup plus facile, affirma Humpty Dumpty :

J'ai fait un autre message pour dire
« Vous feriez bien mieux de m'obéir. »

« Ne vous mettez pas en colère, voyons ! »
M'ont répondu en souriant les poissons.

Par deux fois je les ai sermonné,
Mais ils ont refusé de m'écouter...

J'ai pris une bouilloire de fer-blanc
Qui me semblait convenir à mon plan.

Le cœur battant à tout rompre,
J'ai rempli la bouilloire à la pompe.

Alors quelqu'un est venu et m'a dit :
«Les petits poissons sont dans leur lit. »

Je lui ai répondu très clairement :
« Il faut les réveiller, et prestement. »

Cela, bien fort je le lui ai crié ;
À son oreille je l'ai claironné.

La voix de Humpty Dumpty monta jusqu'à devenir un cri aigu pendant qu'il récitait ces deux vers, et Alice pensa en frissonnant : « Je n'aurais voulu être le messager pour rien au monde ! »

Mais il prit un air fier et guindé,
Et dit : « Je vous entends, inutile de hurler ! »

Et il prit un air fier et contrit,
Et dit : « J'irais bien les réveiller si... »

Alors j'ai pris un grand tire-bouchon,
Pour aller les réveiller à ma façon.
Mais trouvant la porte fermée à clé ,
J'ai tiré, poussé, cogné et frappé.

Comment pouvais-je sortir désormais ?
J'essayai de tourner la poignée, mais...

Il y eut un long silence.

— Est-ce tout ? demanda Alice timidement.

— C'est tout, répondit Humpty Dumpty. Adieu.

Alice trouva que c'était une façon un peu brutale de se séparer ; mais, après une allusion si nette au fait qu'elle devait partir, elle sentit qu'il ne serait guère poli de rester. Alors elle se leva et lui tendit la main.

— Adieu, jusqu'à notre prochaine rencontre ! dit-elle aussi gaiement qu'elle le put.

— En admettant que nous nous rencontrions de nouveau, je ne te reconnaîtrais sûrement pas, déclara Humpty Dumpty d'un ton mécontent, en lui tendant un doigt à serrer. Tu ressembles tellement à tout le monde !

— Généralement, on reconnaît les gens à leur visage, murmura Alice d'un ton pensif.

— C'est justement de cela que je me plains, répliqua Humpty Dumpty. Ton visage est exactement le même que celui des autres... Les deux yeux ici... (Il indiqua leur place dans l'air avec son pouce)... le nez au milieu, la bouche dessous. C'est toujours pareil. Si tu avais les deux yeux du même côté du nez, par exemple... ou la bouche au niveau du front... ça m'aiderait un peu.

— Ça ne serait pas joli, objecta Alice.

Mais Humpty Dumpty se contenta de fermer les yeux, en disant:

— Attends d'avoir essayé.

Alice resta encore une minute pour voir s'il allait continuer à parler ; mais, comme il gardait les yeux fermés et ne faisait plus du tout attention à elle, elle répéta : « Adieu ! » ; puis, ne recevant pas de réponse, elle s'en alla tranquillement. Mais elle ne put s'empêcher de murmurer, tout en marchant :

« De tous les gens décevants que j'ai jamais rencontrés... »

Elle n'arriva pas à terminer sa phrase, car, à ce moment, un fracas formidable ébranla la forêt d'un bout à l'autre.

Chapitre VII

Le Lion et la Licorne.

Un instant plus tard des soldats pénétraient sous les arbres au pas de course, d'abord par deux et par trois, puis par dix et par vingt, et, finalement, en si grand nombre qu'ils semblaient remplir toute la forêt.

Alice se posta derrière un arbre, de peur d'être renversée, et les regarda passer.

Elle se dit qu'elle n'avait jamais vu des soldats si peu solides sur leurs jambes : ils trébuchaient sans cesse sur un obstacle quelconque, et, chaque fois que l'un d'eux tombait, plusieurs autres tombaient sur lui, si bien que le sol fut bientôt couvert de petits tas d'hommes étendus.

Puis vinrent les chevaux. Grâce à leurs quatre pattes, ils s'en tiraient un peu mieux que les fantassins ; mais, malgré tout, eux aussi trébuchaient de temps en temps ; et, chaque fois qu'un cheval trébuchait, le cavalier ne manquait jamais de dégringoler. Comme le désordre ne cessait de croître, Alice fut bien heureuse d'arriver enfin à une clairière où elle trouva le Roi Blanc assis sur le sol, en train d'écrire avec ardeur sur son carnet.

— Je les ai tous envoyés en avant ! s'écria le Roi d'un ton ravi, dès qu'il aperçut Alice. Ma chère enfant, as-tu par hasard rencontré des soldats en traversant le bois ?

— Oui, répondit Alice ; je crois qu'il doit y en avoir plusieurs milliers.

— Il y en a exactement quatre mille deux cent sept, déclara le Roi en se reportant à son carnet. Je n'ai pas pu envoyer tous les chevaux, vois-tu, parce qu'il en faut deux pour la partie d'échecs. Et je n'ai pas non plus envoyé les deux Messagers qui sont partis à la ville. Regarde donc sur la route, et dis-moi si tu vois l'un ou l'autre revenir.

— Personne sur la route, répondit Alice.

— Je voudrais tellement avoir des yeux comme les tiens, dit le Roi d'une voix chagrine. Être capable de voir Personne ! Et à une si grande distance, par-dessus le marché ! Tout ce que je peux faire, moi, c'est de voir les gens qui existent réellement !

Tout ceci était perdu pour Alice, qui continuait à regarder attentivement sur la route, une main au dessus de ses yeux pour les ombrer.

— Je vois quelqu'un à présent ! s'exclama-t-elle enfin. Mais il avance très lentement, et il prend des attitudes vraiment bizarres (En effet, le Messager n'arrêtait pas de sauter en l'air et de se tortiller comme une anguille, chemin faisant, en tenant ses grandes mains écartées de chaque côté comme des éventails).

— Pas du tout, dit le Roi. C'est un Messager anglo-saxon, et ce sont des attitudes anglo-saxonnes. Il ne se tient ainsi que lorsqu'il est heureux. Il s'appelle Haigha.

Alice ne put s'empêcher de commencer :

— J'aime mon ami avec un H parce qu'il est Heureux. Je le déteste avec un H, parce qu'il est Hideux. Je le nourris de... de... de Hachis et d'Herbe. Il s'appelle Haigha, et il vit...

— Il vit sur les Hauteurs, continua le Roi très simplement (sans se douter le moins du monde qu'il prenait part au jeu, tandis qu'Alice cherchait encore le nom d'une ville commençant par H). L'autre Messager s'appelle Hatta. Il m'en faut deux, vois-tu... pour aller et venir. Un pour aller, et un pour venir.

— Je vous demande pardon ?

— C'est malpoli de demander quelque chose sans ajouter : « s'il vous plaît ! »

— Je voulais simplement dire que je n'avais pas compris. Pourquoi un pour aller et un pour venir ?

— Mais c'est ce que je viens de t'expliquer ! s'écria le Roi d'un ton impatienté. Il m'en faut deux pour aller chercher les choses. Un pour aller, un pour chercher.

À ce moment, le Messager arriva. Beaucoup trop essoufflé pour prononcer un mot, il se contenta d'agiter les mains dans tous les sens et de faire au Roi les plus effroyables grimaces.

— Cette jeune personne t'aime avec un H, dit le Roi, dans l'espoir de détourner de lui l'attention du Messager.

Mais ce fut en vain : les attitudes anglo-saxonnes se firent de plus en plus extraordinaires, tandis que Haigha roulait ses gros yeux égarés d'un côté et de l'autre.

— Tu m'inquiètes ! s'exclama le Roi. Je me sens défaillir... Donne-moi un sandwich au hachis !

Sur ce, le Messager, au grand amusement d'Alice, ouvrit un sac pendu autour de son cou et tendit un sandwich au Roi qui le dévora avidement.

— Un autre sandwich ! demanda le Roi.

— Il ne reste que de l'herbe, à présent, répondit le Messager en regardant dans le sac.

— Alors donne-moi de l'herbe, murmura le Roi d'une voix éteinte.

Alice fut tout heureuse de voir que l'herbe lui redonnait beaucoup de forces.

— Il n'y a rien de tel que manger de l'herbe quand on se sent défaillir, dit-il à Alice tout en mâchonnant.

— Je croyais qu'il valait mieux qu'on vous jette de l'eau froide au visage, suggéra Alice.... ou bien qu'on vous fasse respirer des sels.

— Je n'ai pas dit qu'il n'y avait rien de mieux, répliqua le Roi. J'ai dit qu'il n'y avait rien de tel.

Ce qu'Alice ne se risqua pas à nier.

— Qui as-tu rencontré sur la route ? poursuivit le Roi, en tendant la main au Messager pour avoir encore un peu d'herbe.

— Personne.

— Tout à fait exact. Cette jeune fille l'a vu également. Ce qui prouve une chose : qui marche plus lentement que toi ? Personne !

— Je fais de mon mieux, répliqua le Messager d'un ton maussade. Et je suis sûr du contraire : qui marche plus vite que moi ? Personne !

— C'est impossible ! dit le Roi. Si Personne marchait plus vite que toi, il serait arrivé ici le premier... Quoi qu'il en soit, maintenant que tu as retrouvé ton souffle, raconte-nous ce qui s'est passé en ville.

— Je vais le murmurer, dit le Messager en mettant ses mains en porte-voix et en se penchant pour être tout près de l'oreille du Roi.

Alice fut très déçue en voyant cela, car elle aussi voulait entendre les nouvelles. Mais, au lieu de murmurer, le Messager hurla de toutes ses forces :

— Ils sont encore en train de se bagarrer !

— C'est ça que tu appelles murmurer ! s'écria le pauvre Roi en sursautant et en se secouant. Si jamais tu recommences, je te ferai rouer de coups. Ça m'a traversé la tête comme un tremblement de terre !

« Il faudrait que ce soit un tremblement de terre minuscule ! » pensa Alice.

— Qui est-ce qui est en train de se bagarrer ? se risqua-t-elle à demander.

— Mais voyons, le Lion et la Licorne, bien sûr, répondit le Roi.

— Ils luttent pour la couronne ?

— Naturellement ; et ce qu'il y a de plus drôle dans cette affaire, c'est que c'est de ma couronne à moi qu'il s'agit ! Courons vite, on va aller les voir !

Et ils partirent. Tout en courant, Alice se répétait les paroles de la vieille chanson :

C'est pour gagner la royale couronne
Que se battaient Le Lion et la Licorne.
Le Lion fût vainqueur à travers toute la cité,
On leur donna du pain blanc, ou du pain noir
Ou du pudding aux prunes et aux poires ,
Puis, à grand bruit, de la ville ils furent chassés.

— Est-ce que... celui... qui gagne... obtient la couronne ? demanda-t-elle de son mieux, car elle était hors d'haleine à force de courir.

— Seigneur, non ! répondit le Roi. En voilà une idée !

— Voudriez-vous... être assez bon, dit Alice d'une voix haletante, après avoir couru encore un peu, pour arrêter une minute... juste pour... reprendre son souffle ?

— Je suis assez bon, répliqua le Roi, mais je ne suis pas assez fort. Vois-tu, une minute passe affreusement vite. Autant essayer d'arrêter un Bandersnatch !

Alice n'ayant plus assez de souffle pour parler, tous deux continuèrent leur course, jusqu'à ce qu'ils arrivent en vue d'une grande foule au milieu de laquelle le Lion et la Licorne se livraient bataille.

Ils étaient entourés d'un tel nuage de poussière qu'Alice ne put tout d'abord distinguer les combattants ; mais bientôt, elle reconnut la Licorne à sa corne.

Alice et le Roi se placèrent tout près de l'endroit où Hatta, l'autre Messager, qui était debout en train de regarder le combat, et qui tenait une tasse de thé d'une main et une tartine beurrée de l'autre.

— Il vient à peine de sortir de prison, et, le jour où on l'y a mis, il n'avait pas encore fini son thé, murmura Haigha à l'oreille d'Alice. Là-bas, on ne leur donne que des coquilles d'huîtres... C'est pour ça, vois-tu, qu'il a très faim et très soif.

— Comment vas-tu, mon cher enfant ? continua-t-il en passant son bras affectueusement autour du cou de Hatta.

Hatta se retourna, fit un signe de tête, et continua à manger sa tartine beurrée.

— Etais-tu heureux en prison, mon cher enfant ? demanda Haigha.

Hatta se retourna une seconde fois ; une ou deux larmes roulèrent sur ses joues, mais il ne dit pas un mot.

— Parle donc ! Tu sais parler ! s'écria Haigha d'un ton impatienté.

Mais Hatta continua à mastiquer et bu une autre gorgée de thé.

— Mais enfin, parle donc ! s'écria le Roi. Où en sont les combattants ?

Hatta fit un effort désespéré et avala un gros morceau de sa tartine.

— Ils s'en tirent très bien, marmotta-t-il d'une voix étouffée ; chacun d'eux a touché terre à peu près quatre-vingt-sept fois.

— Dans ce cas, je suppose qu'on ne va pas tarder à apporter le pain blanc et le pain noir ? se hasarda à demander Alice.

— Le pain les attend, dit Hatta ; je suis en train d'en manger un morceau.

Juste à ce moment, le combat prit fin, et le Lion et la Licorne s'assirent, haletants, pendant que le Roi criait :

— Dix minutes de trêve ! Qu'on serve les rafraîchissements !

Haigha et Hatta se mirent immédiatement au travail et firent circuler des plateaux de pain blanc et de pain noir. Alice en prit un morceau pour goûter, mais elle le trouva terriblement sec.

— Je crois qu'ils ne se battront plus aujourd'hui, dit le Roi à Hatta. Va donner l'ordre aux tambours de commencer.

Et Hatta s'en alla en bondissant comme une sauterelle.

Pendant une ou deux minutes, Alice le regarda s'éloigner sans rien dire. Brusquement, son visage s'éclaira.

— Regardez ! Regardez ! s'écria-t-elle, en tendant vivement le doigt. Voilà la Reine blanche qui court à travers la campagne ! Elle vient de sortir à toute allure du bois qui est là-bas... C'est incroyable comme ces Reines peuvent courir vite !

— Elle doit sûrement avoir un ennemi à ses trousses, dit le Roi, sans même se retourner. Ce bois en est plein.

— Mais n'allez-vous pas vous précipiter à son secours ? demanda Alice, très surprise de voir qu'il prenait la chose si tranquillement.

— Inutile, inutile ! répondit le Roi. Elle court beaucoup trop vite. Autant essayer d'arrêter un Bandersnatch ! Mais, si tu veux, je vais prendre une note à son sujet... C'est une créature bien bonne, marmonna-t-il, en ouvrant son carnet. Est-ce que tu écris « créature » avec un « k » ?

À ce moment, la Licorne s'approcha d'eux, les mains dans les poches, d'un pas nonchalant.

— Cette fois-ci, c'est moi qui ai eu l'avantage, dit-elle au Roi en lui jetant un coup d'œil négligent.

— Un petit peu... un petit peu, répondit le Roi d'un ton nerveux. Mais, voyez-vous, vous n'auriez pas dû le transpercer de votre corne.

— Ça ne lui a pas fait mal, déclara la Licorne avec insouciance.

Elle s'apprêtait à poursuivre son chemin lorsque son regard se posa par hasard sur Alice : alors elle fit brusquement demi-tour, et resta un bon moment à la regarder d'une air de profond dégoût.

— Qu'est-ce... que c'est que... ça ? demanda-t-elle enfin.

— C'est une petite fille ! répondit Haigha vivement, en se plaçant devant Alice pour la présenter, et en tendant ses deux mains vers elle dans une attitude très anglo-saxonne. Nous l'avons trouvée aujourd'hui même. Elle est grandeur nature !

— J'avais toujours cru que c'étaient des monstres fabuleux ! s'exclama la Licorne. Est-elle vivante ?

— Elle sait parler, dit Haigha d'un ton solennel.

La Licorne regarda Alice d'un air rêveur, et ordonna :

— Parle, petite fille.

Alice ne put s'empêcher de sourire tout en disant :

— Moi aussi, voyez-vous, j'avais toujours cru que les Licornes étaient des monstres fabuleux ! Je n'en avais jamais vu de vivante avant vous !

— Eh bien, maintenant que nous nous sommes vues, dit la Licorne, si tu crois en moi, je croirai en toi. Est-ce une affaire entendue ?

— Oui, si vous voulez, répondit Alice.

— Allons, mon vieux, apporte-nous le pudding, continua la Licorne en s'adressant au Roi. Je ne veux pas entendre parler de ton pain noir !

— Certainement... certainement ! marmotta le Roi, en faisant un signe à Haigha. Ouvre le sac ! murmura-t-il. Vite ! Non, pas celui-là... il ne contient que de l'herbe !

Haigha tira du sac un gros gâteau ; puis il le donna à tenir à Alice, pendant qu'il tirait du sac un plat et un couteau. Alice ne put deviner comment tous ces objets étaient sortis du sac. Il lui sembla que c'était un tour de passe-passe.

Pendant ce temps, le Lion les avait rejoints. Il avait l'air très fatigué, très somnolent, et ses yeux étaient mi-clos.

— Qu'est-ce que c'est que ça ? dit-il, en regardant paresseusement Alice de ses yeux clignotants et en parlant d'une voix basse et profonde semblable au tintement d'une grosse cloche.

— Ah ! justement, qu'est-ce que ça peut bien être ? s'écria
vivement la Licorne. Tu ne le devineras jamais ! Moi, je n'ai pas pu
le deviner.

Le Lion regarda Alice d'un air las.

— Es-tu un animal... un végétal... ou un minéral ? demanda-t-il
en bâillant après chaque mot.

— C'est un monstre fabuleux ! s'écria la Licorne, avant qu' Alice
n'ait le temps de répondre.

— Eh bien, passe-nous le pudding, Monstre, dit le Lion en se
couchant et en appuyant son menton sur ses pattes de devant.

— Vous deux, asseyez-vous, ordonna-t-il au Roi et à la Licorne.
Et qu'on fasse des parts égales !

Le Roi était manifestement très gêné d'être obligé de s'asseoir
entre ces deux énormes créatures ; mais il n'y avait pas d'autre
place pour lui.

— Quel combat nous pourrions nous livrer pour la couronne ,
juste à ce moment-ci ! dit la Licorne en regardant sournoisement
la couronne qui était à deux doigts de tomber de la tête du Roi,
tellement il tremblait.

— Je gagnerais facilement, affirma le Lion.

— Je n'en suis pas si sûre que ça, répondit la Licorne.

— Allons donc ! je t'ai vaincu à travers toute la cité, espèce de mauviette ! répliqua le Lion d'une voix furieuse, en se soulevant à demi.

Ici, le Roi, très agité, intervint pour empêcher la querelle de s'envenimer.

— À travers toute la cité ? dit-il d'une voix tremblante. Ça fait pas mal de chemin. Êtes-vous passés par le vieux pont ou par la place du marché ? Par le vieux pont, la vue est beaucoup plus belle.

— Je n'en sais absolument rien, grommela le Lion, tout en se recouchant. Il y avait tant de poussière qu'on ne pouvait rien voir... Comme le Monstre met du temps à couper ce gâteau !

Alice s'était assise au bord d'un petit ruisseau, le grand plat sur les genoux, et avec application, elle sciait le gâteau avec le couteau.

— C'est très exaspérant ! répondit-elle au Lion. (Elle commençait à s'habituer à être appelée " le Monstre "). J'ai déjà coupé plusieurs tranches, mais elles se recollent immédiatement !

— Tu ne sais pas comment il faut s'y prendre avec les gâteaux du Pays du Miroir, dit la Licorne. Fais-le circuler d'abord, et coupe-le ensuite.

Ceci semblait parfaitement absurde ; mais Alice se leva docilement, fit circuler le plat, et le gâteau se coupa tout seul en trois morceaux.

— Maintenant, coupe-le, ordonna le Lion, tandis qu'elle revenait à sa place en portant le plat vide.

— Dites donc, ça n'est pas juste ! s'écria la Licorne, tandis qu'Alice, assise, le couteau à la main, se demandait avec embarras comment elle allait faire. Le Monstre a donné au Lion une part deux fois plus grosse que la mienne !

— De toutes façons, elle n'a rien gardé pour elle, fit observer le Lion. Aimes-tu le pudding, Monstre ?

Mais, avant qu'Alice eût pu répondre, des tambours commencèrent à battre.

Elle fut incapable de distinguer d'où venait le bruit : on aurait dit que l'air était plein du roulement des tambours qui résonnait sans arrêt dans sa tête, tant et si bien qu'elle se sentait devenir sourde.

Elle se leva d'un bond, et, dans sa terreur, elle franchit le ruisseau. Elle eut juste le temps de voir le Lion et la Licorne se dresser, l'air furieux d'être obligés d'interrompre leur repas.

Elle tomba à genoux et se boucha les oreilles de ses mains, pour essayer vainement de ne plus entendre l'épouvantable vacarme.

« Si ça ne suffit pas à les chasser de la ville », pensa-t-elle, «rien ne pourra les faire partir ! »

Chapitre VIII

"C'est de ma propre invention".

Au bout d'un moment, le bruit sembla décroître peu à peu. Bientôt, un silence de mort régna, et Alice releva la tête avec inquiétude.

Ne voyant personne autour d'elle, elle crut d'abord que le Lion, la Licorne et les bizarres Messagers anglo-saxons, n'étaient qu'un rêve. Mais à ses pieds se trouvait toujours le grand plat sur lequel elle avait essayé de couper le pudding.

« Donc, ce n'était pas un rêve, pensa-t-elle, à moins que... à moins que nous ne fassions tous partie d'un même rêve. Seulement, dans ce cas, j'espère que c'est bien mon rêve à moi, et non pas celui du Roi Rouge ! Je n'aimerais pas du tout appartenir au rêve d'une autre personne, continua-t-elle d'un ton plaintif ; j'ai très envie d'aller le réveiller pour voir ce qui se passera ! »

À ce moment, elle fut interrompue dans ses réflexions par un grand cri de : «Ohé! Ohé! Échec ! », et un Cavalier recouvert d'une armure cramoisie arriva droit sur elle au galop, en brandissant un gros gourdin.

Juste au moment où il allait l'atteindre, le cheval s'arrêta brusquement.

— Tu es ma prisonnière ! cria le Cavalier, en dégringolant à bas de sa monture.

Malgré son effroi et sa surprise, Alice eut plus peur pour lui que pour elle sur le moment, et elle le regarda avec une certaine anxiété tandis qu'il se remettait en selle. Dès qu'il fut confortablement assis, il commença à dire une deuxième fois :

—Tu es ma ... , mais il fut interrompu par une autre voix qui criait : « Ohé ! Ohé! Échec ! » et Alice, assez surprise, se retourna pour voir qui était ce nouvel ennemi.

Cette fois-ci, c'était un Cavalier Blanc. Il s'arrêta tout près d'Alice, et dégringola de son cheval exactement comme le Cavalier Rouge ; puis, il se remit en selle, et les deux Cavaliers restèrent à se dévisager sans mot dire. Alice les regardait tour à tour avec perplexité.

— C'est ma prisonnière à moi, ne l'oublie pas ! déclara enfin le Cavalier Rouge.

— D'accord ; mais moi, je suis venu à son secours, et je l'ai délivrée ! répliqua le Cavalier Blanc.

— Dans ce cas nous allons nous battre pour savoir à qui elle sera, dit le Cavalier Rouge en prenant son casque (qui était pendu à sa selle et ressemblait à une tête de cheval) et en s'en coiffant.

— Naturellement, tu observeras les Règles du Combat ? demanda le Cavalier Blanc, en mettant son casque à son tour.

— Je n'y manque jamais, répondit le Cavalier Rouge.

Sur quoi, ils commencèrent à se cogner avec tant de fureur qu'Alice alla se réfugier derrière un arbre pour se mettre à l'abri des coups.

« Je me demande ce que les Règles du Combat peuvent bien être », pensait-elle, tout en avançant timidement la tête de sa cachette pour mieux voir la bataille.

« On dirait qu'il y a une Règle qui veut que si un Cavalier touche l'autre, il le fait tomber de son cheval, et, s'il le manque, c'est lui-même qui dégringole ; on dirait aussi qu'il y a une autre règle qui veut qu'ils tiennent leur gourdin dans leurs bras comme Guignol... ».

« Quel bruit ils font quand ils dégringolent ! On dirait un vacarme de tisonniers tombant dans le garde-feu! Et comme les chevaux sont calmes ! Ils les laissent monter et descendre exactement comme s'ils étaient des tables ! »

Une autre Règle du Combat, qu'Alice n'avait pas remarquée, semblait être qu'ils devaient toujours tomber sur la tête, et c'est ainsi que la bataille prit fin : tous deux tombèrent sur la tête, côte à côte.

Une fois relevés, ils se serrèrent la main ; puis le Cavalier Rouge enfourcha son cheval et partit au galop.

— J'ai remporté une glorieuse victoire, n'est-ce pas ? déclara le Cavalier Blanc, tout haletant, en s'approchant d'Alice.

— Je ne sais pas, répondit-elle d'un ton de doute. En tout cas, je ne veux être la prisonnière de personne. Je veux être la Reine.

— Tu le seras quand tu auras franchi le ruisseau suivant, dit le Cavalier Blanc. Je t'accompagnerai jusqu'à ce que tu sois sortie du bois ; après ça, vois-tu, il faudra que je m'en revienne. Mon coup ne va pas plus loin.

— Je vous remercie beaucoup, dit Alice. Puis-je vous aider à ôter votre casque ?

De toute évidence, il aurait été incapable de l'ôter tout seul ; et finalement, Alice réussit à lui retirer à force de le secouer.

— À présent, je respire un peu mieux, déclara le Cavalier, qui, après avoir rejeté à deux mains ses cheveux hirsutes en arrière, tourna vers Alice son visage plein de bonté et ses grands yeux doux.

La fillette pensa qu'elle n'avait jamais vu un soldat d'aspect aussi étrange.

Il était revêtu d'une armure de fer blanc qui lui allait très mal, et il portait, attachée sens dessus dessous sur son épaule, une petite boîte de forme bizarre dont le couvercle pendait. Alice la regarda avec beaucoup de curiosité.

— Je vois que tu admires ma petite boîte, dit le Cavalier d'un ton bienveillant. Elle est de mon invention ; j'y mets des vêtements et des sandwichs. Vois-tu, je la porte la tête en bas pour que la pluie ne puisse pas y entrer.

— Mais les choses qu'elle contient peuvent en sortir, fit observer Alice d'une voix douce. Savez-vous que le couvercle est ouvert ?

— Non, je ne le savais pas, répondit le Cavalier en prenant un air vexé. Dans ce cas tout ce qui était dedans a dû tomber ! La boîte ne me sert plus à rien si elle est vide.

Il la détacha tout en parlant, et il s'apprêtait à la jeter dans les buissons lorsqu'une idée sembla lui venir brusquement à l'esprit, car il suspendit soigneusement la boîte à un arbre.

— Devines-tu pourquoi j'ai fait cela ? demanda-t-il à Alice.

La fillette fit « non » de la tête.

— Dans l'espoir que les abeilles viendront y nicher... Comme ça j'aurais du miel.

— Mais vous avez une ruche... ou quelque chose qui ressemble à une ruche, attachée à votre selle, fit observer Alice.

— Oui, c'est une très bonne ruche, une des meilleures du genre, dit le Cavalier d'un ton mécontent. Mais aucune abeille ne s'en est approchée jusqu'à présent. À côté il y a une souricière. Je suppose que les souris empêchent les abeilles de venir... ou bien ce sont les abeilles qui empêchent les souris de venir ... je ne sais pas au juste.

— Je me demandais à quoi la souricière pouvait bien servir. Il n'est guère probable qu'il y ait des souris sur le dos du cheval.

— Peut-être n'est-ce guère probable ; mais si, par hasard, il en venait, je ne veux pas qu'elles se mettent à courir partout. Vois-tu, continua-t-il, après un moment de silence, il vaut mieux prévoir pour tous les cas. C'est pour ça que mon cheval porte tous ces anneaux de métal aux chevilles.

— Et à quoi servent ces anneaux ? demanda Alice avec beaucoup de curiosité.

— C'est pour le protéger des morsures de requins. Ça aussi, c'est de mon invention. Et maintenant, aide-moi à me remettre en selle. Je vais t'accompagner jusqu'à la lisière du bois... À quoi sert ce plat ?

— Il est fait pour contenir un pudding.

— Nous ferons bien de l'emmener avec nous. Il sera bien commode si nous trouvons un pudding. Aide-moi à le fourrer dans ce sac.

L'opération dura très longtemps. Alice avait beau tenir le sac très soigneusement ouvert, le Cavalier s'y prenait avec beaucoup de maladresse : les deux ou trois premières fois qu'il essaya de faire entrer le plat, il tomba lui-même la tête dans le sac.

— Vois-tu, c'est très serré, dit-il lorsqu'ils eurent enfin réussi à caser le plat, parce qu'il y a beaucoup de chandeliers dans le sac.

Et il l'accrocha à sa selle déjà chargée de bottes de carottes, de tisonniers, et d'un tas d'autres objets.

— J'espère que tes cheveux tiennent bien ? continua-t-il, tandis qu'ils se mettaient en route.

— Ils tiennent de façon habituelle, répondit Alice en souriant.

— Ça n'est guère suffisant, dit-il d'une voix anxieuse. Vois-tu, le vent est terriblement fort ici. Il est aussi fort que du café.

— Avez-vous inventé un système pour empêcher les cheveux d'être emportés par le vent ?

— Pas encore ; mais j'ai un système pour les empêcher de tomber.

— Je voudrais bien le connaître.

— D'abord tu prends un bâton bien droit. Ensuite tu y fais grimper tes cheveux, comme un arbre fruitier. La raison qui fait que les cheveux tombent, c'est qu'ils pendent vers le bas... Les choses ne tombent jamais vers en haut, vois-tu. C'est de mon invention. Tu peux essayer si tu veux.

Mais Alice trouva que ce système n'avait pas l'air très confortable. Pendant quelques minutes, elle continua à marcher en silence, réfléchissant à cette idée et s'arrêtant de temps à autre pour aider le pauvre Cavalier, qui visiblement était un bien piètre cavalier. Toutes les fois que le cheval s'arrêtait (ce qui arrivait très fréquemment), le Cavalier tombait en avant ; et toutes les fois que le cheval se remettait en marche (ce qu'il faisait avec beaucoup de brusquerie), le Cavalier tombait en arrière.

Ceci mis à part, il chevauchait sans trop de mal, sauf que, de temps en temps, il tombait de côté ; et comme il tombait presque toujours du côté où se trouvait Alice, celle-ci comprit très vite qu'il valait mieux ne pas marcher trop près du cheval.

— Je crains que vous ne vous soyez pas beaucoup exercé à monter à cheval, se risqua-t-elle à dire, tout en l'aidant à se relever après sa cinquième chute.

À ces mots, le Cavalier prit un air très surpris et un peu offensé.

— Qu'est-ce qui te fait croire cela ? demanda-t-il, tandis qu'il luttait pour se remettre en selle, en s'agrippant d'une main aux cheveux d'Alice pour s'empêcher de tomber de l'autre côté.

— C'est que les gens tombent un peu moins souvent que vous quand ils se sont exercés pendant longtemps.

— Je me suis beaucoup exercé, affirma le Cavalier d'un ton extrêmement sérieux, oui, beaucoup exercé !

Alice ne trouva rien de mieux à répondre que : « Vraiment ? » mais elle le dit aussi sincèrement qu'elle le put. Sur ce, ils continuèrent à marcher en silence : le Cavalier, les yeux fermés, marmonnait à lui-même, et Alice attendait anxieusement la prochaine chute.

— Le grand art en matière d'équitation, commença brusquement le Cavalier d'une voix forte, en faisant de grands gestes avec son bras droit, c'est de garder...

La phrase s'arrêta là aussi brusquement qu'elle avait commencé, et le Cavalier tomba lourdement la tête la première sur le sentier qu'Alice était en train de suivre.

Cette fois, elle eut très peur, et demanda d'une voix inquiète, tout en l'aidant à se relever :

— J'espère que vous ne vous êtes pas cassé quelque chose ?

— Rien qui vaille la peine d'en parler, répondit le Cavalier, comme s'il lui était tout à fait indifférent de se casser deux ou trois os. Comme je le disais, le grand art en matière d'équitation, c'est ... de garder son équilibre. Comme ceci, vois-tu...

Il lâcha la bride, étendit les deux bras pour montrer à Alice ce qu'il voulait dire, et, cette fois, tomba à plat sur le dos juste sous les sabots du cheval.

— Je me suis beaucoup exercé ! répéta-t-il sans arrêt, pendant qu'Alice le remettait sur pied. Beaucoup exercé !

— C'est vraiment trop ridicule ! s'écria la fillette perdant patience. Vous devriez avoir un cheval de bois monté sur roues, vraiment !

— Est-ce que cette espèce de cheval marche sans à-coups ? demanda le Cavalier d'un air très intéressé, tout en serrant ses bras autour du cou de sa monture, juste à temps pour s'empêcher de dégringoler une fois de plus.

— Avec beaucoup moins d'à-coups qu'un cheval vivant, dit Alice, avec un petit éclat de rire, malgré tout ce qu'elle put faire pour se retenir.

— Je m'en procurerai un, murmura le Cavalier d'un ton pensif. Un ou deux... et même plusieurs.

Il y eut un court silence ; après quoi, il poursuivit.

— Je suis très fort pour inventer des choses. Par exemple, je suis sûr que, la dernière fois où tu m'as aidé à me relever, tu as remarqué que j'avais l'air préoccupé.

— Vous aviez l'air très sérieux, dit Alice.

— Eh bien, juste à ce moment-là, j'étais en train d'inventer un nouveau moyen de franchir une barrière... Veux-tu que je t'en fasse part?

— J'en serai très heureuse, répondit Alice poliment.

— Je vais t'expliquer comment ça m'est venu. Vois-tu, je me suis dit ceci : « La seule difficulté consiste à faire passer les pieds, car la tête est déjà assez haute. » Donc, je commence par mettre la tête sur le haut de la barrière... ensuite je me mets debout sur la tête... à ce moment-là, vois-tu, mes pieds sont assez hauts... Et ensuite, vois-tu, je suis de l'autre côté.

— En effet, je suppose que vous vous trouveriez de l'autre côté après avoir fait cela, dit Alice d'un ton pensif ; mais ne croyez-vous pas que ce serait assez difficile ?

— Je n'ai pas encore essayé, répondit-il gravement ; c'est pourquoi je n'en suis pas sûr... Mais je crains, en effet, que ce ne soit assez difficile.

Il avait l'air si contrarié qu'Alice se hâta de changer de sujet de conversation.

— Quel curieux casque vous avez ! s'exclama-t-elle d'une voix gaie. Est-ce qu'il est de votre invention, lui aussi ?

Le Cavalier regarda fièrement le casque qui pendait à sa selle.

— Oui, dit-il ; mais j'en ai inventé un autre qui était bien mieux que celui-ci : en forme de pain de sucre. Quand je le portais, si je tombais de mon cheval, il touchait le sol immédiatement ; ce qui fait que je ne tombais pas de très haut, vois-tu... Seulement, bien sûr, il y avait un danger : c'était de tomber dedans. Ça m'est arrivé une fois... et, le pire, c'est que, avant que j'aie pu en sortir, l'autre Cavalier Blanc est arrivé et se l'est mis sur la tête, croyant que c'était son propre casque.

Il racontait cela d'un ton si solennel qu'Alice n'osa pas rire.

— Vous avez dû lui faire du mal, j'en ai bien peur, fit-elle observer d'une voix tremblotante, puisque vous étiez sur sa tête.

—J'ai été obligé de lui donner des coups de pieds, répliqua le Cavalier le plus sérieusement du monde. Alors, il a enlevé le casque... mais il a fallu des heures et des heures pour m'en faire sortir... J'étais alors plein d'éraflures ; j'avais le visage à vif... comme l'éclair, vois-tu.

— On dit : « vif comme l'éclair » et non pas « à vif », objecta Alice, ce n'est pas la même chose.

Le Cavalier hocha la tête.

— Pour moi, je t'assure que c'était tout pareil ! répondit-il.

Là-dessus, il leva les mains avec agitation, et, immédiatement, il dégringola de sa selle pour tomber la tête la première dans un fossé profond.

Alice courut au bord du fossé pour voir ce qu'il était devenu. Cette dernière chute lui avait causé une grande frayeur : étant donné que le Cavalier était resté ferme en selle pendant un bon bout de temps, elle craignait qu'il ne se fût vraiment fait mal cette fois-ci. Mais, quoiqu'elle ne pût voir que la plante de ses pieds, elle fut très soulagée de l'entendre continuer à parler de son ton habituel.

— Pour moi, c'était tout pareil, répéta-t-il ; mais c'était très négligent de sa part de mettre le casque d'un autre homme... surtout alors que cet homme était dedans.

— Comment pouvez-vous continuer à parler si tranquillement, la tête en bas ? demanda Alice, qui le tira par le pied et le déposa en un tas informe au bord du fossé.

Le Cavalier eut l'air surpris de sa question.

— La position dans laquelle se trouve mon corps n'a aucune espèce d'importance, répondit-il. Mon esprit fonctionne tout aussi bien. En fait, plus j'ai la tête en bas, plus j'invente de choses nouvelles.

219

— Ce que j'ai fait de plus astucieux, continua-t-il après un moment de silence, ce fût d'inventer un nouveau pudding, pendant qu'on en était au plat de viande.

— À temps pour qu'on puisse le faire cuire pour le service suivant ? demanda la fillette.

— Eh bien, non, pas pour le service suivant, déclara le Cavalier d'une voix lente et pensive non, certainement pas pour le service suivant.

— Alors ce devait être pour le jour suivant ; car je suppose que vous n'auriez pas voulu deux puddings dans un même repas ?

— Eh bien, non, pas pour le jour suivant ; non, certainement pas pour le jour suivant... répéta le Cavalier. En fait, continua-t-il en baissant la tête, tandis que sa voix devenait de plus en plus faible, je crois que ce pudding n'a jamais été préparé. En fait, je crois que ce pudding ne sera jamais préparé ! Et pourtant j'avais montré une grande ingéniosité en inventant ce pudding.

— Avec quoi aviez-vous l'intention de le faire ? demanda Alice, dans l'espoir de lui remonter le moral, car il avait l'air très abattu.

— Ça commençait par du papier buvard, répondit le Cavalier en poussant un gémissement.

— Ça ne serait pas très bon à manger , j'en ai bien peur...

— Ça ne serait pas très bon, tout seul, déclara-t-il vivement. Mais tu n'imagines pas quelle différence ça ferait si on le mélangeait avec d'autres choses... par exemple, de la poudre à canon et de la cire à cacheter. Et là, il faut que je te quitte.

Ils venaient juste de finir de traverser le bois. Alice, déconcertée, ne souffla mot ; elle pensait toujours au pudding.

— Tu es triste, dit le Cavalier d'une voix anxieuse ; laisse-moi te chanter une chanson pour te réconforter.

— Est-elle très longue ? demanda Alice, car elle avait entendu pas mal de poésies ce jour-là.

— Elle est longue, dit le Cavalier, mais elle est très, très belle. Tous ceux qui m'entendent la chanter.... ou bien les larmes leur montent aux yeux, ou bien...

— Ou bien quoi ? dit Alice, car le Cavalier s'était interrompu brusquement.

— Ou bien elles ne leur montent pas aux yeux, vois-tu. Le nom de la chanson s'appelle : " *Les yeux de rouget* ".

— Ah, vraiment, c'est le nom de la chanson ? dit Alice en essayant de s'intéresser au sujet.

— Pas du tout, tu ne comprends pas, répliqua le Cavalier, un peu vexé. C'est ainsi qu'on appelle le nom. Le nom, c'est : " *Le vieil homme âgé* ".

— Dans ce cas j'aurais dû dire : « C'est ainsi que s'appelle la chanson ? » demanda Alice pour se corriger.

— Non, pas du tout, c'est encore autre chose. La chanson s'appelle : " *Méthodes et moyens* ". C'est ainsi qu'on appelle la chanson ; mais, vois-tu, ce n'est pas la chanson elle-même.

— Mais qu'est-ce donc que la chanson elle-même ? demanda Alice, complètement éberluée.

— J'y arrive, dit le Cavalier. La chanson elle-même, c'est : "*Assis sur la barrière* " ; et l'air est de mon invention.

Sur ces mots, il arrêta son cheval et laissa retomber la bride sur son cou ; puis, battant lentement la mesure d'une main, son visage doux et stupide éclairé par un léger sourire, appréciant déjà la musique de sa chanson, il commença.

De tous les spectacles étranges qu'elle vit pendant son voyage à travers le Pays du Miroir, ce fut celui-là qu'Alice se rappela toujours le plus nettement.

Plusieurs années plus tard, elle pouvait évoquer toute la scène comme si elle s'était passée la veille : les doux yeux bleus et le sourire bienveillant du Cavalier... le soleil couchant, dont les rayons traversaient ses cheveux, brillait sur son armure dans un flamboiement de lumière éblouissante... le cheval qui avançait paisiblement, les rênes flottant sur son cou, en broutant l'herbe à ses pieds... les ombres denses de la forêt à l'arrière-plan... Tout cela se grava dans sa mémoire comme si c'eût été un tableau, tandis que, une main au dessus de ses yeux pour les ombrer, appuyée contre un arbre, elle regardait l'étrange couple formé par l'homme et l'animal, en écoutant, dans un demi-rêve, la musique mélancolique de la chanson.

« Mais l'air n'est pas de son invention » se dit-elle ; « c'est l'air de la chanson " *Ne me quitte pas* ". »

Elle écouta très attentivement, mais les larmes ne lui montèrent pas aux yeux.

> *Je vais tout te raconter*
> *C'est une histoire singulière.*
> *J'ai vu un vieil homme âgé,*
> *Assis sur une barrière.*

« Qui es-tu? Quel est ton gagne-pain? »
Lui dis-je d'un ton paternel.
Et comme par un tamis coule le vin,
Sa réponse a fui de ma cervelle.

« Je chasse les papillons
Dans le blés chevelus:
J'en mets dans les pâtés de mouton,
Que je vends dans les rues.
Je les vends aux fiers marins
Qui voguent sur les flots tourmentés;
C'est ainsi que je gagne mon pain ...
Quelques pièces, s'il vous plait. »

Mais moi, je concevais un plan :
Teindre en vert mes moustaches,
Et utiliser un éventail blanc
Pour que personne ne le sache.
Donc, n'ayant vraiment rien écouté
Je répétai au vieillard ma requête,
« Allons, comment vis-tu ? » j'ai crié,
Et je lui cognai fort la tête.

222

Il répondit d'une voix légère :
« Je cours les chemins tortueux,
Et quand je trouve une rivière,
Je l'enflamme de mon mieux;
De là on extrait un produit acajou
Une huile d'ébène pour masseurs ...
Mais je ne perçois qu'un ou deux sous
Pour tout ce dur labeur. »

Mais je songeais à un moyen
De me nourrir de babeurre,
Et ne manger rien d'autre, afin
D'engraisser d'heure en heure.
Je l'ai secoué de tous côtés
Jusqu'à ce qu'il devienne pâlichon :
« Allons, comment vis-tu, j'ai crié,
Et quelle est ton occupation ! »

« Je cherche des yeux de rouget
Parmi les bruyères lumineuses,
Et j'en fait des boutons de gilets
Dans la nuit silencieuse.
Je ne demande pas une fortune,
Ni pièce d'or, ni de bronze,
Mais pour une piécette commune
J'en donne un lot de onze. »

« Je cherche aussi des pains viennois
Ou je piège des crabes avec un arc;
Je fouille parfois tout autour de moi
Pour trouver des roues de fiacre.
Voilà, vous savez désormais
Comment je perçois ma richesse...
Et très volontiers je boirai
À la santé de votre Altesse. »

J'entendis son propos en entier
Car j'avais achevé mon dessein
Pour empêcher les ponts de rouiller
En les faisant bouillir dans du vin.
Je l'ai bien remercié de m'avoir dit
Comment il avait construit sa richesse,
Mais bien plus encore pour son envie
De boire à ma santé d'Altesse.

Et maintenant, lorsque parfois
Je mange de la moisissure
Ou quand je mets mon pied droit
Dans la mauvaise chaussure,
Ou quand j'écrase un orteil
Sous un poids vraiment énorme,
Je pleure, car cela en moi réveille
Le souvenir de ce vieil homme...

Au regard doux, et au discours lent,
Aux cheveux hirsutes et blancs,
Au visage sombre et troublant,
Aux yeux remplis d'un feu ardent,
Qui semblait pris dans des tourments,
Qui se balançait doucement,
En grommelant et marmonnant,
Comme s'il n'eût plus de dent,
Et renâclait comme un élan ...

Ce soir d'été, il y a longtemps,
Assis sur une barrière.

Tout en chantant les dernières paroles de la ballade, le Cavalier reprit les rênes en main et tourna la tête de son cheval dans la direction d'où ils étaient venus.

— Tu n'as que quelques mètres à faire, dit-il, pour descendre la colline et franchir ce petit ruisseau ; ensuite, tu seras Reine... Mais tout d'abord, tu vas assister à mon départ, n'est-ce pas ? ajouta-t-il, en voyant qu'Alice détournait les yeux de lui d'un air impatient.

Je en serai pas long. Tu attendras jusqu'à ce que je sois arrivé à ce tournant de la route que tu vois là-bas, et, à ce moment-là, tu agiteras ton mouchoir... es-tu d'accord ? Je crois que ça me donnera du courage, vois-tu.

— J'attendrai, bien sûr. Merci beaucoup de m'avoir accompagnée si loin... et merci également pour la chanson... elle m'a beaucoup plu.

— Je l'espère, dit le Cavalier d'un ton de doute mais tu n'as pas pleuré autant que je m'y attendais.

Là-dessus, ils se serrèrent la main ; puis, le Cavalier s'enfonça lentement dans la forêt.

« Je suppose que ça ne prendra pas trop de temps d'assister à son départ. » pensa Alice, en le regardant s'éloigner.

« Là, ça y est ! En plein sur la tête, comme d'habitude ! Malgré tout, il se remet en selle assez facilement... sans doute parce qu'il y a tant de choses accrochées autour du cheval... »

Elle continua à se parler de la sorte, tout en regardant le cheval avancer paisiblement sur la route, et le Cavalier dégringoler tantôt d'un côté, tantôt de l'autre.

Après la quatrième ou la cinquième chute il arriva au tournant, et Alice agita son mouchoir vers lui, en attendant qu'il eût disparu.

« J'espère que ça lui aura donné du courage », se dit-elle, en faisant demi-tour jusqu'au bas de la colline.

« Maintenant, à moi le dernier ruisseau et la couronne de Reine! Ça va être magnifique ! »

Quelques pas l'amenèrent au bord du ruisseau.

« Voici enfin la Huitième Case ! » s'écria-t-elle, en le franchissant d'un bond, et en se jetant, pour se reposer, sur une pelouse aussi moelleuse qu'un tapis de mousse, toute parsemée de petits parterres de fleurs.

« Oh ! que je suis contente d'être ici ! Mais, qu'ai-je donc sur la tête ? » s'exclama-t-elle d'une voix consternée, en portant les mains à un objet très lourd qui lui serrait le front.

« Voyons, comment se fait-il que ce soit venu là sans que je le sache ? » se dit-elle en soulevant l'objet et en le posant sur ses genoux pour voir ce que cela pouvait bien être.

C'était une couronne en or.

Chapitre IX

La Reine Alice.

— Ça alors, c'est extraordinaire ! dit Alice. Jamais je ne me serais attendue à être Reine si tôt... Et, pour vous dire la vérité, Votre Majesté , ajouta-t-elle d'un ton sévère (elle aimait beaucoup se réprimander elle-même), il est impossible de continuer à vous prélasser sur l'herbe comme vous le faites ! Les Reines doivent être dignes, voyons !

Alors elle se leva et se mit à marcher, assez rapidement pour commencer, car elle avait peur que sa couronne ne tombât, mais elle se consola en pensant qu'il n'y avait personne pour la regarder.

— Et d'ailleurs, dit-elle en se rasseyant, si je suis vraiment une Reine, je gèrerai ça très bien au bout d'un certain temps.

Il lui arrivait des choses si étranges qu'elle ne fut pas étonnée le moins du monde de s'apercevoir que la Reine Rouge et la Reine Blanche étaient assises tout près d'elle, une de chaque côté. Elle aurait bien voulu leur demander comment elles étaient venues là, mais elle craignait que ce ne fût pas très poli.

Néanmoins, elle pensa qu'il n'y aurait aucun mal à demander si la partie était finie.

— S'il vous plaît, commença-t-elle en regardant timidement la Reine Rouge, pourriez-vous me dire...

— Tu ne dois parler que lorsqu'on t'adresse la parole ! dit la Reine Rouge en l'interrompant brutalement.

— Mais si tout le monde suivait cette règle, répliqua Alice, qui était toujours prête à entamer une petite discussion, si on ne parlait que lorsqu'une autre personne vous adressait la parole, et si l'autre personne attendait toujours que ce soit vous qui commenciez, alors personne ne dirait jamais rien, voyez-vous , si bien que...

— C'est ridicule ! s'exclama la Reine. Voyons, mon enfant, ne vois-tu pas que...

Ici, elle s'interrompit en fronçant les sourcils puis, après avoir réfléchi une minute, elle changea brusquement de sujet de conversation :

— Pourquoi disais-tu tout à l'heure : « Si je suis vraiment une Reine ? » Quel droit as-tu à te donner ce titre ? Tu ne peux être Reine avant d'avoir passé l'examen qui convient. Et plus tôt nous commencerons, mieux ça vaudra.

— Mais je n'ai fait que dire : " si ", répondit la pauvre Alice d'un ton piteux.

Les deux Reines se regardèrent, et la Reine Rouge fit remarquer en frissonnant :

— Elle prétend qu'elle n'a fait que dire " si "...

— Mais elle a dit beaucoup plus que cela ! gémit la Reine Blanche en se tordant les mains. Oh ! elle a dit bien plus que cela !

— C'est tout à fait exact, fit observer la Reine Rouge à Alice. Dis toujours la vérité... réfléchis avant de parler... et écris ensuite ce que tu as dit.

— Mais je suis sûre que je ne voulais rien dire.... commença Alice.

La Reine Rouge l'interrompit brusquement :

— C'est justement cela que je te reproche ! Tu aurais dû vouloir dire quelque chose ! À quoi peut bien servir un enfant qui ne veut rien dire ? Même une plaisanterie doit vouloir dire quelque chose... et il me semble qu'un enfant est plus important qu'une plaisanterie. Tu ne pourrais pas nier cela, même si tu essayais avec tes deux mains.

— Je ne nie pas les choses avec mes mains, objecta Alice.

— Je n'ai jamais prétendu cela, répliqua la Reine Rouge. J'ai dit que tu ne pourrais pas le faire, même si tu essayais.

— Elle est dans un tel état d'esprit, reprit la Reine Blanche, qu'elle veut à tout prix nier quelque chose... seulement elle ne sait pas quoi nier.

— Quel détestable caractère ! s'exclama la Reine Rouge.

Après quoi il y eut une ou deux minutes de silence gênant.

La Reine Rouge le rompit en disant à la Reine Blanche :

— Je vous invite au dîner que donne Alice ce soir.

La Reine Blanche eut un pâle sourire, et répondit :

— Et moi, je vous y invite aussi.

— Je ne savais pas que je devais donner un dîner, déclara Alice; mais, s'il en est ainsi, il me semble que c'est moi qui dois faire les invitations.

— Nous t'en avons donné l'occasion, déclara la Reine Rouge, mais sans doute n'as-tu pas eu beaucoup de leçons de politesse ?

— Ce n'est pas avec des leçons qu'on apprend la politesse, dit Alice. Les leçons, c'est pour apprendre à faire des opérations, et des choses de ce genre.

— Et tu sais faire une Addition ? demanda la Reine Blanche. Combien font un plus un plus un plus un plus un plus un plus un plus un plus un plus un ?

— Je ne sais pas, j'ai perdu le compte.

— Elle ne sait pas faire une Addition, dit la Reine Rouge. Sais-tu faire une Soustraction ? Ote neuf de huit.

— Je ne peux pas ôter neuf de huit, répondit vivement Alice ; mais...

— Elle ne sais pas faire une Soustraction, déclara la Reine Blanche. Sais-tu faire une Division ? Divise un pain par un couteau... qu'est-ce que tu obtiens ?

— Je suppose.... commença Alice.

Mais la Reine répondit pour elle :

— Des tartines beurrées, naturellement. Essaie une autre Soustraction. Ôte un os d'un chien : que reste-t-il ?

Alice réfléchit :

— L'os ne resterait pas, bien sûr, si je le prenais... et le chien ne resterait pas, il viendrait me mordre... et moi je suis sûre qu'il ne faudra pas que je reste !

— Donc, tu penses qu'il ne resterait rien ? demanda la Reine Rouge.

— Oui, je crois que c'est la réponse.

— Tu te trompes, comme d'habitude ; il resterait la patience du chien.

— Mais je ne vois pas comment...

— Voyons, écoute-moi ! s'écria la Reine Rouge. Le chien perdrait patience, n'est-ce pas ?

— Oui, peut-être, dit Alice prudemment.

— Eh bien, si le chien s'en allait, sa patience resterait ! s'exclama la Reine d'un air triomphant.

Alice fit alors observer d'un ton aussi sérieux que possible :

— Ils pourraient aussi bien s'en aller chacun de leur côté.

Mais elle ne put s'empêcher de penser : « Que d'épouvantables bêtises nous disons ! »

— Elle est absolument incapable de faire des opérations ! s'exclamèrent les deux Reines en même temps d'une voix forte.

— Et vous, savez-vous faire des opérations ? demanda Alice en se tournant brusquement vers la Reine Blanche, car elle n'aimait pas être prise en défaut.

La Reine ouvrit la bouche comme si elle suffoquait, et ferma les yeux.

— Je suis capable de faire une Addition si on me donne assez de temps, déclara-t-elle, mais je suis absolument incapable de faire une Soustraction !

— Naturellement, tu sais ton Alphabet ? dit la Reine Rouge.

— Bien sûr que je le sais !

— Moi aussi, murmura la Reine Blanche. Nous le réciterons souvent ensemble, ma chère petite. Et je vais te dire un secret... je sais lire les mots d'une lettre ! N'est-ce pas magnifique ? Mais, ne te décourage pas : tu y arriveras, toi aussi, au bout de quelque temps.

Ici, la Reine Rouge intervint de nouveau.

— Es-tu forte en questions pratiques ? demanda-t-elle. Comment fait-on le pain ?

— Ça, je le sais ! s'écria vivement Alice. On prend de la fleur de farine...

— Où est-ce qu'on cueille cette fleur ? demanda la Reine Blanche. Dans un jardin, ou sous les haies ?

— Mais, on ne la cueille pas du tout, expliqua Alice ; on la moud...

— Si on est mou uniquement ? dit la Reine Blanche. Tu oublies trop de détails importants.

— Éventons-lui la tête ! intervint la Reine Rouge d'une voix anxieuse. Elle va avoir la fièvre à force de tant réfléchir.

Sur quoi, les deux Reines se mirent à la tache et l'éventèrent avec des poignées de feuilles, jusqu'à ce qu'elle fût obligée de les prier de s'arrêter, parce que cela lui faisait voler les cheveux dans tous les sens.

— Elle est remise, à présent, déclara la Reine Rouge. Connais-tu des Langues Étrangères ? Comment dit-on " taratata " en allemand ?

— " Taratata " n'est pas un mot français, répondit Alice très sérieusement.

— Qui a dit que c'en était un ? demanda la Reine Rouge.

Alice crut avoir trouvé un moyen de se tirer d'embarras cette fois-ci.

— Si vous me dites à quelle langue appartient le mot " taratata", je vous dirai comment il se dit en allemand ! s'exclama-t-elle d'un ton triomphant.

Mais la Reine Rouge se redressa rapidement de toute sa hauteur en déclarant :

— Les Reines ne font jamais de marché.

« Je voudrais bien que les Reines ne posent jamais de questions», pensa Alice.

— Ne nous disputons pas, dit la Reine Blanche d'une voix inquiète. Quelle est la cause de l'éclair ?

— La cause de l'éclair, commença Alice d'un ton décidé, car elle se sentait très sûre d'elle, c'est le tonnerre... Non, non ! dit-elle vivement pour se corriger, je voulais dire le contraire.

— C'est trop tard pour corriger, déclara la Reine Rouge ; une fois que tu as dit quelque chose, c'est définitif, et il faut que tu en subisses les conséquences.

— Cela me rappelle..., commença la Reine Blanche en baissant les yeux et en croisant et décroisant les mains nerveusement, que nous avons eu un orage épouvantable mardi dernier... je veux dire pendant un de nos derniers groupes de mardis, voyez-vous.

— Dans mon pays à moi, dit Alice d'un ton perplexe, il n'y a qu'un jour à la fois.

La Reine Rouge répondit :

— Voilà une façon bien mesquine de faire les choses. Ici, les jours et les nuits vont par deux ou trois à la fois ; et parfois même, en hiver, il nous arrive d'avoir cinq nuits de suite... pour avoir plus chaud, vois-tu.

— Est-ce que cinq nuits sont plus chaudes qu'une seule nuit ? se risqua à demander Alice.

— Bien sûr, cinq fois plus chaudes.

— Mais, dans ce cas, elles devraient être aussi cinq fois plus froides...

— Tout à fait exact ! s'écria la Reine Rouge. Cinq fois plus chaudes, et aussi cinq fois plus froides ; de même que je suis cinq fois plus riche que toi, et aussi cinq fois plus intelligente !

Alice soupira, et renonça à continuer la discussion.

« Ça ressemble tout à fait à une devinette qui n'aurait pas de réponse ! » pensa-t-elle.

— Humpty Dumpty l'a vu, lui aussi, continua la Reine Blanche à voix basse, comme si elle se parlait à elle-même. Il est venu à la porte un tire-bouchon à la main...

— Pourquoi faire ? demanda la Reine Rouge.

— Il a dit qu'il voulait rentrer de force parce qu'il cherchait un hippopotame. Or, il se trouvait qu'il n'y avait rien de pareil dans la maison ce matin-là.

— Y a-t-il des hippopotames chez vous d'habitude ? demanda Alice d'un ton surpris.

— Et bien, les jeudis seulement, répondit la Reine.

— Je sais pourquoi Humpty Dumpty est venu vous voir, dit Alice. Il voulait punir les poissons, parce que...

À ce moment, la Reine Blanche reprit.

— C'était un orage vraiment effroyable, tu n'imagines même pas ! ("Elle en serait incapable d'imaginer, voyez-vous", dit la Reine Rouge.) Le vent a arraché une partie du toit, et il est entré beaucoup de tonnerre... qui s'est mis à rouler dans toute la pièce...

et à renverser les tables et les objets ... J'ai eu si peur que j'étais incapable de me rappeler mon nom !

« Jamais je n'essaierais de me rappeler mon nom au milieu d'un accident ! À quoi cela pourrait-il bien servir ? » pensa Alice ; mais elle se garda bien de dire cela à haute voix, de peur de froisser la pauvre Reine.

— Que Votre Majesté veuille bien l'excuser, dit la Reine Rouge à Alice, en prenant une des mains de la Reine Blanche dans les siennes et en la tapotant doucement. Elle est pleine de bonne volonté, mais, en général, elle ne peut s'empêcher de raconter des bêtises.

La Reine Blanche regarda timidement Alice ; celle-ci sentit qu'elle devait absolument dire quelque chose de gentil, mais elle ne put rien trouver à cet instant.

— Elle n'a jamais été très bien élevée, continua la Reine Rouge. Mais c'est incroyable comme elle a bon caractère ! Tapote-lui la tête, et tu verras comme elle sera contente !

Mais Alice n'eut pas ce courage.

— Il suffit de lui témoigner un peu de gentillesse et de lui mettre les cheveux en papillotes, pour faire d'elle ce qu'on veut...

La Reine Blanche poussa un profond soupir et posa sa tête sur l'épaule d'Alice.

— J'ai terriblement sommeil, gémit-elle.

— La pauvre, elle est fatiguée ! s'exclama la Reine Rouge. Lisse-lui les cheveux... prête-lui ton bonnet de nuit... et chante-lui une berceuse.

— Je n'ai pas de bonnet de nuit sur moi, dit Alice en essayant d'obéir à la première partie des instructions, et je ne connais pas de berceuse.

— Dans ce cas, je vais en chanter une moi-même, déclara la Reine Rouge.

Et elle commença en ces termes :

Reine faites dodo sur les genoux d'Alice!
Une sieste avant le début du service.
Nous irons au bal après le diner,
Et danserons ensemble bien volontiers!

— Maintenant que tu connais les paroles, ajouta-t-elle en posant sa tête sur l'autre épaule d'Alice, chante-la moi, à mon tour, car, moi aussi, j'ai très sommeil.

Un instant plus tard les deux Reines dormaient profondément et ronflaient bruyamment.

« Que dois-je faire ? » s'exclama Alice, en regardant autour d'elle d'un air perplexe, tandis que l'une des deux têtes rondes, puis l'autre, roulaient de ses épaules pour tomber comme deux lourdes masses sur ses genoux.

« Je crois qu'il n'est jamais arrivé à personne d'avoir à prendre soin de deux Reines endormies en même temps ! Non, jamais, dans toute l'histoire d'Angleterre... D'ailleurs, ça n'aurait pas pu arriver, puisqu'il n'y a jamais eu plus d'une Reine à la fois. Réveillez-vous donc, vous autres ! Ce qu'elles sont lourdes ! » continua-t-elle d'un ton impatient. Mais elle n'obtint pas d'autre réponse qu'un léger ronflement.

Peu à peu, le ronflement devint de plus en plus net et se mit à ressembler à un air de musique. Finalement, elle parvint même à distinguer des mots, et elle se mit à écouter si attentivement que, lorsque les deux grosses têtes s'évanouirent brusquement de sur ses genoux, c'est tout juste si elle s'en aperçut.

Elle se trouvait à présent debout devant un porche voûté.

Au-dessus de la porte se trouvaient les mots : REINE ALICE en grosses lettres, et, de chaque côté, il y avait une poignée de sonnette ; l'une était marquée : « Sonnette des Visiteurs », l'autre : « Sonnette des Domestiques ».

« Je vais attendre la fin de la chanson, pensa Alice, et puis je tirerai la...la... Mais, au fait, quelle sonnette dois-je tirer ? » continua-t-elle, fort intriguée.

« Je ne suis pas une visiteuse et je ne suis pas une domestique. Il devrait y avoir une poignée de sonnette marquée « Reine »...

Juste à ce moment, la porte s'entrebâilla. Une créature pourvue d'un long bec passa la tête par l'ouverture, et dit :

— Défense d'entrer avant deux semaines ! puis referma la porte avec fracas.

Alice frappa et sonna en vain pendant longtemps. À la fin, une très vieille Grenouille assise sous un arbre se leva et vint vers elle en clopinant ; elle portait un habit d'un jaune éclatant et d'énormes bottes.

— Quoi que vous voulez donc? murmura la Grenouille d'une voix grave et enrouée.

Alice se retourna, prête à réprimander la première personne qui se présenterait.

— Où est le domestique chargé de répondre à cette porte ? commença-t-elle sur un ton de colère.

— Quelle porte ? demanda la Grenouille.

Elle parlait d'une voix si traînante, qu'Alice, toute irritée, faillit frapper du pied sur le sol.

— Cette porte-là, bien sûr !

La Grenouille regarda la porte de ses grands yeux ternes pendant une bonne minute ; puis elle s'en approcha et la frotta de son pouce comme pour voir si la peinture s'en détacherait ; puis, elle regarda Alice.

— Répondre à la porte ? dit-elle. Quoi c'est-y qu'elle a demandé?

Elle était si enrouée que c'est tout juste si la fillette pouvait l'entendre.

— Je ne comprends pas ce que vous voulez dire, déclara Alice.

—J'vous cause français, non ? continua la Grenouille. Ou c'est-y qu'vous seriez sourde ? Quoi qu'elle vous a demandé, c'te porte ?

— Rien ! s'écria Alice, impatientée. Voilà un moment que je tape dessus !

— Faut pas faire ça... faut pas faire ça, murmura la Grenouille. Ça la contrarie, pour sûr.

Là-dessus, elle se leva et alla donner un grand coup de pied à la porte.

— Faut lui ficher la paix, dit-elle, toute haletante, en regagnant son arbre clopin-clopant ; et alors, elle vous fichera la paix à vous.

À ce moment la porte s'ouvrit toute grande, et on entendit une voix aiguë qui chantait :

Au peuple du Pays du Miroir, Alice s'est adressée:
« J'ai un sceptre à la main, j'ai la tête couronnée;
Faites venir les créatures, toutes, quelles qu'elles soient,
Pour dîner avec la Reine Rouge, la Reine Blanche et moi. »

Puis des centaines de voix entonnèrent en chœur le refrain :

« Qu'on remplisse les verres de délicieuse boissons,
Qu'on saupoudre la table de boutons et de son:
Plongez les chats dans le café, les souris dans le thé ...
Dites trente fois trois fois bienvenue Votre Majesté ! »

On entendit ensuite des acclamations confuses, et Alice pensa :
« Trente fois trois font quatre-vingt-dix. Je me demande si quelqu'un tient les comptes.»

Au bout d'une minute, le silence revint, et la même voix aiguë chanta un second couplet :

« Créatures du Pays du Miroir, dit Alice, approchez!
C'est un si grand honneur que de me contempler,
Et quel privilège de dîner et boire à la fois,
Avec la Reine Rouge, la Reine Blanche et moi! »

Puis le chœur reprit :

« Qu'on remplisse les verres de mélasse et d'encre,
Ou de tout ce qui est délectable à notre petit ventre:
Mélangez le sable au cidre, la laine au pousse-café ...
Dites cent fois dix fois bienvenue Votre Majesté ! »

« Cent fois dix ! répéta Alice, désespérée. Oh, mais ça n'en finira jamais ! Il vaut mieux que j'entre tout de suite ... »

Là-dessus, elle entra, et, dès qu'elle fut entrée, un silence de mort régna.

Alice jeta un coup d'œil craintif sur la table tout en traversant la grande salle, et elle remarqua qu'il y avait environ cinquante invités de toute espèce : certains étaient des animaux, d'autres, des oiseaux, et; il y avait même quelques fleurs.

« Je suis bien contente qu'ils soient venus sans attendre que je le leur demande », pensa-t-elle, « car je n'aurais jamais su qui il fallait inviter ! »

Trois chaises se trouvaient au bout de la table ; la Reine Rouge et la Reine Blanche en occupaient chacune une, mais celle du milieu était vide. Alice s'y assit, un peu gênée par le silence, puis elle attendit impatiemment que quelqu'un prît la parole.
Finalement, la Reine Rouge commença :
— Tu as manqué la soupe et le poisson, dit-elle. Qu'on serve le gigot !

Et les domestiques placèrent un gigot de mouton devant Alice, qui le regarda d'un air anxieux car elle n'en avait jamais découpé auparavant.

— Tu as l'air un peu intimidée, permets-moi de te présenter à ce gigot de mouton, dit la Reine Rouge. Alice... Mouton ; Mouton... Alice.

Le gigot de mouton se leva dans le plat et fit une petite révérence devant Alice, qui lui rendit son salut en se demandant si elle devait rire ou avoir peur.

— Puis-je vous en donner une tranche ? demanda-t-elle en saisissant le couteau et la fourchette, et en regardant d'abord une Reine, puis l'autre.

— Certainement pas, répondit la Reine Rouge d'un ton résolu. Il est contraire à l'étiquette de découper quelqu'un à qui l'on a été présenté. Qu'on enlève le gigot !

Les domestiques le retirèrent et apportèrent à la place un énorme pudding.

— S'il vous plaît, je ne veux pas être présentée au pudding, dit Alice vivement ; sans quoi nous n'aurons pas de dîner du tout. Puis-je vous en donner un morceau ?

Mais la Reine Rouge prit un air boudeur et grommela :

— Pudding... Alice ; Alice... Pudding. Qu'on enlève le pudding !

Et les domestiques l'enlevèrent si rapidement qu'Alice n'eût pas le temps de lui rendre son salut.

Néanmoins, elle ne voyait pas pourquoi la Reine Rouge serait la seule à donner des ordres; alors elle décida de tenter une expérience et s'écria :

— Qu'on rapporte le pudding !

Aussitôt le pudding se trouva de nouveau devant elle, comme par un tour de magie. Il était si gros qu'elle ne put s'empêcher de se sentir un peu intimidée devant lui comme elle l'avait été devant le gigot de mouton. Néanmoins, elle fit un grand effort pour surmonter sa timidité, coupa une part et la tendit à la Reine Rouge.

— Quelle impertinence ! s'exclama le Pudding. Je me demande ce que tu dirais si je coupais une tranche de toi, espèce de créature!

Sa voix était pâteuse, et Alice ne sut que lui répondre. Elle resta à le regarder, la bouche ouverte.

— Dis quelque chose, fit observer la Reine Rouge. C'est ridicule de laisser le pudding faire toute la conversation !

— Je vais vous dire quelque chose, commença Alice, un peu effrayée de constater que, dès qu'elle eut ouvert la bouche, il se fit un silence de mort tandis que tous les yeux se fixaient sur elle. On m'a récité une telle quantité de poésie aujourd'hui, et ce qu'il y a de curieux, c'est que, dans chaque poème, il était plus ou moins question de poissons. Savez-vous pourquoi on aime tant les poissons dans ce pays ?

Elle s'adressait à la Reine Rouge, qui répondit un peu à côté de la question.

— À propos de poissons, déclara-t-elle très lentement et solennellement en mettant sa bouche tout près de l'oreille d'Alice, Sa Majesté Blanche connaît une adorable devinette ... toute en vers... et où il n'est question que de poissons. Veux-tu qu'elle te la dise ?

— Sa Majesté Rouge est trop bonne d'en parler, murmura la Reine Blanche à l'autre oreille d'Alice, d'une voix aussi douce que le roucoulement d'un pigeon. Ce serait un si grand plaisir pour moi. Puis-je dire ma devinette ?

— Je vous en prie, dit Alice très poliment.

La Reine Blanche eut un rire ravi et tapota la joue de la fillette. Puis elle commença :

« D'abord, il faut prendre le poisson. »
C'est facile: un enfant, je crois, pourrait le saisir.
« Ensuite, il faut acheter ce poisson. »
C'est facile: un sou suffirait pour l'acquérir.

« Que l'on cuise le poisson maintenant ! »
C'est facile: une minute de cuisson sera assez.
« Qu'on le mette dans un plat d'argent ! »
C'est facile, car il y est déjà installé.

« Qu'on apporte le plat pour mon souper ! »
C'est facile de mettre le plat sur la table.
« Que le couvercle soit enlevé ! »
Ah! c'est trop dur, j'en suis incapable !

Car le poisson le tient collé ...
Tient le couvercle collé au plat, c'est trop bête !
Qu'est-ce qui est alors le plus aisé,
Découvrir le poisson ou bien la devinette ?

— Réfléchis une minute et puis devine, dit la Reine Rouge. En attendant, nous allons boire à ta santé... À la santé de la Reine Alice ! hurla-t-elle de toutes ses forces.

Tous les invités se mirent immédiatement à boire à sa santé. Ils s'y prirent d'une façon très bizarre : certains posèrent leur verre à l'envers sur leur tête, comme un extincteur, et avalèrent tout ce qui dégoulinait sur leur visage... d'autres renversèrent les carafes et burent le vin qui coulait des bords de la table... et trois d'entre eux (qui ressemblaient à des kangourous) grimpèrent dans le plat du gigot de mouton et se mirent à laper la sauce, « exactement comme des cochons dans une auge », pensa Alice.

— Tu devrais remercier par un discours soigné, déclara la Reine Rouge en regardant Alice, les sourcils froncés.

— Il faut que nous te soutenions, murmura la Reine Blanche, au moment où Alice se levait très docilement, mais avec une certaine appréhension, pour prendre la parole.

— Je vous remercie beaucoup, répondit Alice à voix basse ; mais je peux me débrouiller très bien sans votre soutien.

— Impossible ; cela ne se fait pas, dit la Reine Rouge d'un ton ferme.

Et Alice essaya de se soumettre de bonne grâce à ce protocole.

(« Elles me serraient si fort, dit-elle plus tard, en racontant à sa sœur l'histoire du festin, qu'on aurait cru qu'elles voulaient m'aplatir comme une galette ! ») En fait, il lui fut très difficile de rester à sa place pendant qu'elle s'apprêtait à faire son discours : les deux Reines la poussaient tellement, chacune de son côté, qu'elles faillirent la soulever dans les airs.

— Je me lève pour remercier..., commença Alice.

Et elle s'éleva en effet alors qu'elle parlait, quittant le sol de plusieurs centimètres; mais elle s'accrocha au bord de la table et parvint à redescendre.

— Prends garde à toi ! cria la Reine Blanche, en lui saisissant les cheveux à deux mains. Il va se passer quelque chose !

À ce moment (du moins c'est ce qu'Alice raconta par la suite), toutes sortes de choses se passèrent à la fois. Les bougies montèrent jusqu'au plafond, où elles prirent l'aspect de joncs surmontés d'un feu d'artifice. Quant aux bouteilles, chacune d'elles s'empara d'une paire d'assiettes qu'elles s'ajustèrent à la hâte comme des ailes ; puis, après s'être munies de fourchettes en guise de pattes, elles se mirent à voleter dans tous les sens.

« Et elles ressemblent étonnamment à des oiseaux, » pensa Alice, au milieu de l'effroyable désordre qui commençait.

Soudain, elle entendit un rire rauque à côté d'elle. Elle se retourna pour voir ce qu'avait la Reine Blanche à rire de la sorte ; mais, au lieu de la Reine, c'était le gigot de mouton qui se trouvait sur la chaise...

— Me voici ! cria une voix qui venait de la soupière, et Alice se retourna de nouveau, juste à temps pour voir le large et jovial visage de la Reine lui sourire, l'espace d'une seconde, au-dessus du bord de la soupière, avant de disparaître dans la soupe.

Il n'y avait pas une minute à perdre.

Déjà plusieurs des invités gisaient dans les plats, et la louche marchait sur la table dans la direction d'Alice, en lui faisant signe de s'écarter de son chemin.

Alice bondit de sa chaise:

— Je ne peux plus supporter ça ! s'écria-t-elle en saisissant la nappe à deux mains.

Elle tira un bon coup, et assiettes, plats, invités, bougies, s'écroulèrent avec fracas sur le sol.

— Quant à vous, continua-t-elle, en se tournant d'un air furieux vers la Reine Rouge qu'elle jugeait être la cause de tout le mal...

Mais la Reine n'était plus à côté d'Alice... Elle avait brusquement rapetissé jusqu'à la taille d'une petite poupée, et elle se tenait à présent sur la table, en train de courir joyeusement en cercles à la poursuite de son châle qui flottait derrière elle.

À tout autre moment, Alice en aurait été surprise ; mais elle était beaucoup trop surexcitée pour s'étonner de quoi que ce fût.

— Quant à vous, répéta-t-elle, en saisissant la petite créature au moment précis où elle sautait par-dessus une bouteille qui venait de se poser sur la table, je vais vous secouer jusqu'a ce que vous vous transformiez en chaton, vous n'y couperez pas !

Chapitre X

Secouement.

Elle souleva la petite créature de sur la table tout en parlant, et la secoua d'avant en arrière de toutes ses forces.

La Reine Rouge n'opposa pas la moindre résistance ; son visage se rapetissa, ses yeux s'agrandirent et devinrent verts, puis, tandis qu'Alice continuait à la secouer, elle n'arrêta pas de se faire plus courte... et plus grasse... et plus douce... et plus ronde... et...

Chapitre XI

Réveil.

... et, finalement, c'était bel et bien un chaton.

Chapitre XII

Qui a rêvé ?

— Votre Majesté ne devrait pas ronronner si fort , dit Alice, en se frottant les yeux et en s'adressant au chaton noir d'une voix respectueuse mais empreinte d'une certaine sévérité. Tu viens de me réveiller de... oh ! d'un si joli rêve ! Et tu es restée avec moi tout le temps, Kitty... d'un bout à l'autre du Pays du Miroir. Le savais-tu, ma chérie ? »

Les chatons (Alice en avait déjà fait la remarque) ont une très mauvaise habitude : quoi qu'on leur dise, elles ronronnent toujours pour vous répondre.

« Si seulement ils ronronnaient pour dire " oui " et miaulaient pour dire " non ", ou si ils suivaient une règle de ce genre, de façon qu'on puisse faire la conversation avec eux ! » avait-elle dit. « Mais comment peut-on parler avec quelqu'un qui répond toujours pareil ? »

En cette circonstance, le chaton se contenta de ronronner ; et il fut impossible de deviner si elle voulait dire " oui " ou " non ".

Aussi Alice se mit-elle à chercher parmi les pièces d'échecs sur la table jusqu'à ce qu'elle eût retrouvé la Reine Rouge.

Alors, elle s'agenouilla sur le tapis devant le feu, et plaça le chaton noir et la Reine face à face.

— Allons, Kitty ! s'écria-t-elle, en tapant des mains d'un air triomphant, tu es bien obligée d'avouer que tu t'es changée en Reine !

(« Mais elle a refusé de regarder la Reine, expliqua-t-elle plus tard à sa sœur ; elle a détourné la tête en faisant semblant de ne pas la voir. Pourtant, elle a eu l'air un peu honteuse, de sorte que je crois que c'est bien Kitty qui était la Reine Rouge. »)

— Tiens-toi un peu plus droite, ma chérie ! s'écria Alice en riant gaiement. Et fais la révérence pendant que tu réfléchis à ce que tu vas... à ce que tu vas ronronner. Rappelle-toi que ça fait gagner du temps !

Là-dessus, elle prit Kitty dans ses bras et lui donna un petit baiser, « pour te féliciter d'avoir été une Reine Rouge ! »

— Perce-Neige, ma chérie, continua-t-elle, en regardant par-dessus son épaule la Reine Blanche qui subissait toujours aussi patiemment la toilette que lui faisait la vieille chatte, je me demande quand est-ce que Dinah en aura fini avec Votre Majesté Blanche ? C'est sans doute pour ça que tu étais si négligée dans mon rêve...

— Dinah ! sais-tu que tu débarbouilles une Reine Blanche ? Vraiment, tu fais preuve d'un grand manque de respect, et ça me surprend de ta part !

— Et en quoi Dinah a-t-elle bien pu se transformer ? continua-t-elle, en s'étendant confortablement, appuyée sur un coude, le menton posé dans sa main, pour mieux regarder les chattes. Dis-moi, Dinah, est-ce que tu es devenue Humpty Dumpty ? Ma foi, je le crois ; mais tu feras bien de ne pas en parler à tes amis, car je n'en suis pas très sûre.

— À propos, Kitty, si tu avais été vraiment avec moi dans mon rêve, il y a une chose qui t'aurait plu énormément : on m'a récité des tas de poèmes, et tous parlaient de poisson ! Demain, ce sera une vraie fête pour toi : pendant que tu prendras ton petit déjeuner, je te réciterai : " *Le Morse et le Charpentier* ", et tu pourras faire semblant que tu manges des huîtres !

— Voyons, Kitty, réfléchissons un peu à une chose : qui a rêvé tout cela ? C'est une question très importante, ma chérie ; et tu ne devrais pas continuer à te lécher la patte comme tu le fais... comme si Dinah ne t'avait pas toilettée ce matin !

— Vois-tu, Kitty, ce rêve était forcément soit de moi, soit du Roi Rouge. Bien sûr, il faisait partie de mon rêve... mais, d'un autre côté, je faisais aussi partie de son rêve à lui ! Est-ce le Roi Rouge qui a rêvé, Kitty ?

— Tu dois le savoir, puisque tu étais sa femme... Oh, Kitty, je t'en prie, aide-moi à régler cette question ! Je suis sûre que ta patte peut attendre !

Mais l'exaspérante petite chatte noire se contenta de se mettre à lécher son autre patte, et fit semblant de ne pas avoir entendu la question.

Et toi, mon enfant, qui crois-tu que c'était ?

Un bateau, sous un ciel d'été,
Rêveusement s'est attardé,
Par une soirée de juillet...

Trois enfants près de moi blottis,
L'oreille attentive, le regard qui luit,
Ecoutent avec bonheur un récit ...

Ce ciel a blêmit depuis longtemps :
Evanouis sont les souvenirs d'antan,
Dispersés au souffle du vent.

Sauf le fantôme merveilleux
D'Alice virevoltant sous les cieux
Que seuls les rêves ouvrent à nos yeux.

D'autres enfants tendrement blottis,
L'oreille attentive, le regard qui luit,
Se raviront de ce doux récit.

Au Pays des Merveilles il se sont allés,
De rêves leurs jours sont peuplés,
Tandis que meurent les étés.

Sur l'eau calme voguant sans trêve...
Dans l'éclat du jour qui s'achève...
Qu'est-ce que la vie, sinon un rêve ?

* *

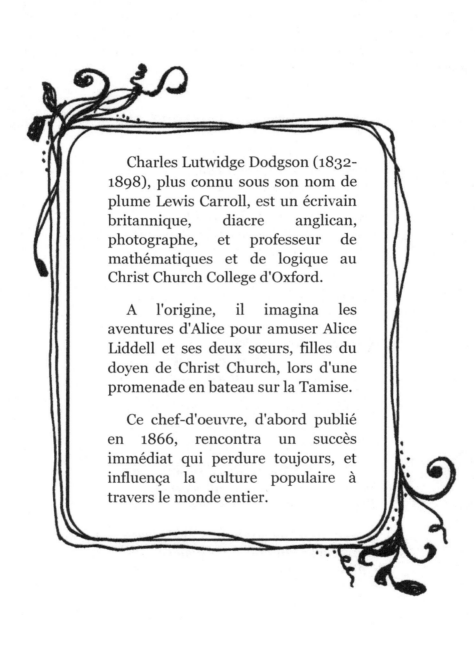

Charles Lutwidge Dodgson (1832-1898), plus connu sous son nom de plume Lewis Carroll, est un écrivain britannique, diacre anglican, photographe, et professeur de mathématiques et de logique au Christ Church College d'Oxford.

A l'origine, il imagina les aventures d'Alice pour amuser Alice Liddell et ses deux sœurs, filles du doyen de Christ Church, lors d'une promenade en bateau sur la Tamise.

Ce chef-d'oeuvre, d'abord publié en 1866, rencontra un succès immédiat qui perdure toujours, et influença la culture populaire à travers le monde entier.

Savourez les chefs-d'oeuvre de la littérature classique anglo-américaine dans les éditions bilingues de l'éditeur Atlantic Editions :

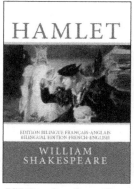

ISBN 978-1981446803

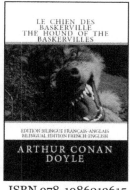

ISBN 978-1986213615

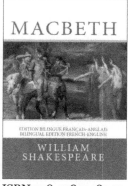

ISBN 978-1984218247

ISBN 978-1977766243

ISBN 978-1534683914

ISBN 978-1547273324

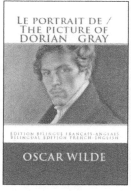

ISBN 978-1548213138

ISBN 978-1548501105

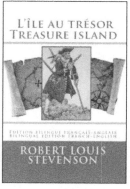

ISBN 978-154870198

Made in United States
Orlando, FL
12 May 2022